Sonya
ソーニャ文庫

淫惑の箱庭

松竹梅

JN286649

イースト・プレス

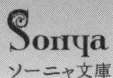

contents

1.

「リリアーヌ……。殺意と愛は同意義だ」

妙な言い回しだ、と暗闇の中で首を傾げる。

呆《ほう》けていたら、優しげな声でもう一度呼びかけられ、徐々に自分が「リリアーヌ」であることを思い出してきた。けれど依然として意識には霞《かすみ》がかかっていて、答えようとする唇は不自然なほどに重かった。

いや、唇どころか全身が重い。焦る気持ちに反して、体は緩慢な動作を続ける。まるで粘ついたぬるま湯の中に浸《つ》かっているようだ。

ここはどこなのだろう……。

真っ黒な世界の中でもがき、リリアーヌはやっとの思いで立ち上がった。

前後どころか上下左右もおぼつかない。けれどとにかく歩かなければ、と決意する。

（ここにいては、いけない……）

歩くのは途方もなく疲れるが、一歩一歩進んでいった。

ここにいては恐ろしいことになるのだと、理屈ではない部分で知っている気がしたのだ。

それに先ほどから響いている声には、どこか違和感を覚える。

「リリアーヌ」

幾度目かの呼びかけは艶《つや》すら含んだ甘さがあり、暗闇から脱出しようとするリリアーヌの足を止めた。

声に魅了されたわけではない。……壮絶な悪寒が、体中の筋肉を固めたからだ。

かつてないほどの嫌な予感に、声にならない悲鳴が口から漏《も》れる。

「っ……！」

違和感の正体——優しい声音に潜む、狂気に気づいてしまった。

恐怖で混乱した頭で、どうするべきか考える。全力で走るべきか、それとも暗闇に身を潜めているべきか……。

迷った末に、留まる選択をする。こうも動きにくくては走っている内に捕まってしまうかもしれないし、音を立てれば相手に場所を知らせることになる。

息を飲み、両手で自身の体をかき抱いたリリアーヌは、ゆっくりと座り込んだ。

どうか、どうか見つかりませんように……。

何度も何度も、必死で祈った。

そうして幾度祈ったかわからなくなってきた頃、唐突に声が消えた。

ああ、よかった。自分はあれから逃げられたのだ。

そろりと息を吐き、安堵《あんど》した直後、

「ひっ!?」

ひんやりとした手に足首を摑まれた。氷のような指先が、ぎりぎりと皮膚に食い込んでくる。

しまった、これは間違った選択だった。そう悟った時には遅く、容赦《ようしゃ》のない力で引き倒される。

「うっ……！」

打ちつけた背の痛みを認識するよりも前に、体の中心部に引き裂かれたような激痛が走った。

「ひぃっ！」

乙女として守らなければいけない場所がこじ開けられ、みちみちと骨すら砕く勢いで、何かが奥へ奥へと侵入してくる。

体を内側から破られるのではと恐怖に駆られ、無我夢中で抵抗した。

「お願い、やめてっ！　やめてぇ！　痛いっ、痛いの！　死んでしま……ぐっ！」

抵抗が面白くなかったのか、侵入者は突然リリアーヌの首を絞め上げてきた。

気道を押しつぶされる痛みと息苦しさが、同時に襲いくる。

耳に届くのは、ぐちゅり、ぐちゅり、と狭い自分の中がこねられる音。

窒息《ちっそく》で意識が霞んでいく間、妙に熱いもので粘膜《ねんまく》を擦られているのを感じた。

「ふっ、ぐっ……あっ……！」

正体不明の塊《かたまり》が、痙攣《けいれん》する膣壁《ちつへき》を楽しむように内側をなぞっている。

「あっ……ぐ……ぅ」

熱い。痛い。苦しい。

もうだめだ、自分は死ぬのだ。

諦めが脳裏を掠《かす》めた時、不意に体が軽くなって――


「っ！　はっ、はあ、はあ、はあ……」

水が流れ落ちるように、突如として黒い世界が終わった。

代わりに溢れた、目に痛いほどの陽光の中で、リリアーヌは荒い呼吸を繰り返す。

「……？」

いきなり変わった状況に戸惑いつつ、テーブルに突っ伏していた上半身を起こす。動きに伴って、細い肩からは銀糸と見紛うばかりに美しい、長く豊かな髪が滑り落ちた。動揺で震える指先でそれをかき上げ、紫の瞳を瞬かせる。

ややクセのある毛先が、呆然とするリリアーヌをからかうように肌をくすぐった。

「夢……」

呟いた唇に、舞い降りてきた羽毛が触れた。どうやら勢いよく起き上がったせいで、近くにいた鳥を驚かせてしまったらしい。起きたばかりで霞む目を上げると、格子《こうし》状になっている東屋《あずまや》の屋根の隙間から、何羽かの小鳥が飛び去るのが見えた。

空を仰いでいたリリアーヌは上から降り注ぐ光に目を細め、顔の前に手をかざす。

（こんなに明るいところで見る夢ではないわね……）

身にまとう白いドレスの袖《そで》が風に揺れるのをぼんやりと眺めながら、リリアーヌは心を落ち着かせた。着慣れた衣装に安堵を覚えるとは、どうやら相当精神的に参っていたらしい。

夢だとわかった途端、どっと疲れが押し寄せる。

深い溜息をつきながら背もたれに体重を預ければ、徐々に鮮明さを増した視界に青々とした木々が映った。

先ほどの夢のせいか、鮮やかな色を求めて目先が流れる。

今座っている場所からまっすぐに延びた石畳は、山羊の乳を思わせる黄色がかった乳白色。その道は新緑が美しい木立の奥にまで続いている。

わけあって入り組んだ木立の奥に作られたこの空間は、入り口から見た最奥に向かって、扇《おうぎ》を開いた形に拓《ひら》けている。その中央にある東屋の北側には崖が聳《そび》え、小さな滝が流れていた。

リリアーヌの愛する、美しい庭園。いつもと寸分《すんぶん》違わない光景に、今度は安堵の息が漏れた。

本当に良かった。あの夢が現実ならば、殺されていたかもしれない。

「父上にばれたら『姫君ともあろう者が外でうたた寝など、はしたない』と怒られてしまうかしら」

西からキニシス、アルクシア、ネブライアと三つの国が存在する大陸で、リリアーヌは他二国に挟まれたアルクシアの第一王女にあたる。歴史と格式を重んじるこの国では、王女の振る舞いも重要視されるのだ。外でうたた寝など本来ならば論外だ。

そう思うと目覚めさせてくれた悪夢にも感謝の気持ちが……

「……いいえ、無理ね。またあんな悪夢で起こされるくらいなら、お父様のお叱りを受けたほうが断然ましだわ」

そうは言っても、やはり誰にも見つからない内に目覚められて良かった。

ほっと胸を撫《な》で下ろしたリリアーヌだったが、次の瞬間に肩を跳ね上げた。

「もしかして、ここでうたた寝でもしていたのかな？」

「！」

突然、しかもすべてを見通しているふうに声をかけられ、大げさなまでに驚いてしまった。猫足の椅子からずり落ちそうになりながら、声のしたほうに恐る恐る首を巡らせる。だが、微風に揺れる目映いばかりの金色を目にして、一気に緊張が解けた。

「なんだ、ルチアーノ……」

彼ならば怒られることはない、との安心感から呟いてしまったのだが、名を呼ばれた当人は苦笑して眉尻を下げた。

「私では不満だった?」

こちらに向かって石畳の歩道を進みながら、ゆるりと首を傾げる。いたって普通の動作なのに彼がすると特別なものに思えるのは、常人離れした美しさのせいだろう。

慣れたはずなのに、うっかり見惚れてしまっていると、春の空を連想させる水色の瞳がふわりと笑んだ。中性的な美貌《びぼう》は一見すると冷たく感じるが、こうして微笑むと途端に柔らかな印象になる。

つられて口元を緩めると、安堵から幼い感想が口から漏れてしまった。

「まるで貴方が悪夢を洗い流してくれたようだわ」

全体的に清涼な色を持っている彼は、身にまとうものも白を基調にした淡い色使いだ。これは彼が好んで着ているというより、義務としての意味合いが強い。

黒い悪夢との明暗の差もあって、リリアーヌは眩《まぶ》しげに目を細めた。

「悪夢?」

東屋に辿り着いた彼は、そう尋ねつつ視線で同席の許しを求めた。

勧めるつもりで伸ばしたリリアーヌの手がやんわりと取られて顔を上げると、額に柔らかなものが触れる。

一瞬何が起こったのかと驚いてから、さらりとした金髪に頬を撫でられ、口づけられたのだとわかった。

甘い睡蓮《すいれん》に似た香りに、思考が溶かされる。

「……許せないな」

すぐそばで響く声は、台詞の意味とは裏腹に優しかった。

苦笑の息づかいがリリアーヌの唇にかかり、触れそうで触れない距離に胸がざわめく。

リリアーヌは紅潮《こうちょう》した頬を恥ずかしく思いながら、彼の言葉を問う意味で顔を傾げた。

答えを乗せたルチアーノの吐息が、再び唇を撫でる。

「一瞬でも、私の姫の心を奪うとは重罪に値するよ。たとえ悪夢であっても許せることではない」

「ルチアーノったら。いかに『金色《こんじき》の賢者』さまでも、悪夢が相手では倒せないわよ」

美しく、金色に彩られた賢者――アルクシアと古くから親交のある国、ネブライアの王の代名詞だ。そして今ではリリアーヌの幼馴染みで婚約者でもある、ルチアーノが冠する名でもある。

一方で、アルクシアの第一王女は『白銀《しろがね》の姫』と呼ばれ、金色の賢者と併せて語られることが多い。

両者は古《いにしえ》の伝説に登場する聖人であり『黒い悪魔』と恐れられた災厄から民を守ったと伝えられている。つまりは、信仰の対象という役割も王族が代々受け継いできたのだ。

「力が及ばず、悔しい限りだ。伝説通りの力があれば、いつでも君を助けられるのに」

す。

「あら、お兄様は伝説の力がないと私を助けてはくださらないの？」

わざとらしく呆れ顔を作れば、ルチアーノも大仰《おおぎょう》な身振りで腕を広げ、向かい側に腰を下ろ
「もちろん助けるさ。愛しい妹のためならば、国を分かつ川すらも飛び越えてみせよう」

芝居がかった調子でのやりとりは、気心が知れているからこそだ。

血の繋がりがなくとも互いを「兄妹」と呼び合うほどに仲が良い二人は、生まれた時からの婚約者でもある。

生ける伝説として民を守るという、同様の使命を負っているゆえの結束力とでもいおうか。問題があれば、いつでも助け合ってきた。

これからもそうであるといい、と願いを込めて応える。

「では私は伝説通り、橋となる虹を川にかけ、貴方を迎えるわ」

互いにくすくすと笑い合った後、ふとルチアーノが真剣な顔になる。

「本当に君の虹が私に届いたならば、どんなに嬉しかっただろう。結婚しても、私たちの間には国境線という壁がある」

切なさすら感じる声音が、油断していた鼓膜《こまく》を震わせた。

民にとって希望の象徴である二人は、結婚後もそれぞれの国に残らなければいけない。どちらかが移り住んで偏りが生じれば、象徴を失ったほうから不満が出るだろう。

「いつも君の隣にありたいと願う私にとっては、ネブライアの玉座は座り心地が悪い……」

ルチアーノの白手袋に覆われた指先が、艶やかな銀髪の一房をすくう。陽光を反射するそれに、妙な感慨深さがわいた。

「……そうね。でも、悪いことばかりではないでしょう。私たちは伝説に縛られてはいるけれど、支えられてもいるわ。ただの人でしかない私たちが王族でいられるのは、崇めてくれる民のおかげでもあるのだから」

幼い頃は『白銀の姫』という響きを特異に感じていたが、成長した今となってはただの役割の名称なのだと受け入れている。

この世には奇跡も魔法もありはしない。伝説にしても、時の姫と王が人々を導き、自然災害から民を守ったというだけの話なのだろう。

とはいえ、わかりやすい平和の象徴がいることを悪いとは思わない。救いが目に見えれば、困難に陥《おちい》った時でも未来を信じて歩いていける。

そう信じているからこそ、二人は『白銀の姫と金色の賢者』の印象を損なわない衣装をまとい続けているのだ。

「……君は強いね、リリアーヌ。昔からそうだった」

予想外の評価を受け、僅《わず》かに目を瞠《みは》る。自身の使命を大切には思っていても、重荷に感じる時もあるから、賞賛が意外だった。

「強くなんてないわ。それを言うなら貴方のほうが……」

続きが微苦笑で遮られる。

リリアーヌを見つめていた目は庭園の滝に向けられ、思案しているふうに細められた。

「そうだね、私は強い。そうあるよう育てられた……」

普通ならば己を強いと評する人間は、過信していると笑われるだろう。しかし誰よりも努力を重ね、強き王であるよう努めている彼には、言う資格がある。そうリリアーヌは思っている。

ただ気になるのは、微妙に掠れた語尾だ。笑みの種類は常と変わらないはずなのに、嘲笑《ちょうしょう》に近いものを感じて、胸に引っかかった。

「私たちが弱くなれるのは、死の間際くらい……いや、それすらも民は許さないだろう。私たちは生まれ落ちてから息絶えるまで、聖者たる精神を持っていなければいけない」

「ルチアーノ……？」

「ふと思っただけの、単なる独り言さ。こうして意味深に言えば、君は私を心配して夜も眠れなくなるだろう？」

「いやね、確信犯？」

「そう。私一人だけが君を想って眠れないのは、悔しいからね」

「まあ、酷いお兄様」

茶化《ちゃか》した言い方に笑いつつも、心の奥では不安を拭いきれずにいた。冗談だけではないと、うっすらと感じていたからだ。

(ルチアーノ……何か悩んでいるのかしら)

近頃のルチアーノは、たまに何を考えているのかわからない顔をする。

寂しいとも悲しいとも違うその表情を目にする度、リリアーヌの胸には表現しがたい感情がわき起こる。

これは一体、何なのだろう……。

じくじくと疼《うず》く胸を押さえ、リリアーヌは目を伏せた。

(昔と違って、すべてを話してくれなくなったことが寂しいのね、きっと。辛い時は辛いと、言ってくれればいいのに……)

ネブライアの先代国王が病で崩御《ほうぎょ》してから一年。王位を継いだルチアーノは少しだけ変わったように思う。

性格や接する態度が変わったわけではないのだが、以前よりも内心を話してくれなくなった気がするのだ。

まあ国政を担う者となったのだから、子供時代と同じ調子であれこれと漏らすわけにもいかないのだろう。

忙しいルチアーノの身を思うと、ここまで来てもらっていることが申し訳なくなってくる。

「ねえ、ルチアーノ。ひょっとして疲れているのではない？　もしそうなら、無理をしてこなくても……」

気遣う言葉に、ルチアーノは肩を竦《すく》める。いつも通りの甘い微笑を浮かべ、リリアーヌへと目先を戻した。

「寂しいな。君は私に会いたくないんだ？」

「あ、会いたいわっ……よ。でも、貴方の体が心配で……」

つい大きな声を出しそうになってしまい、肩をすぼめる。

可憐な容姿に反して元気すぎるところがあると昔から窘《たしな》められてきたリリアーヌは、たまに姫らしさを忘れそうになる自分を厳しく律していた。

そうでなければ、庭を駆け回っていた子供の頃のお転婆癖《てんばぐせ》が出そうになる。

ふっと息をこぼしたルチアーノは、声を飲み込んだリリアーヌの手を取った。

「疲れてはいないし、もし仮に疲れていたとしても、今日こないわけにはいかなかったんだ。一月後に迫った君と私の婚礼の儀式について、陛下に相談しなければいけなかったからね」

「遣いの者には任せられなかったの？」

「白銀の姫を迎えるという一大事を、他の者に任せるわけにはいかないさ。この婚姻には、二国の未来がかかっているのだから」

「それは……そうだけど……」

ルチアーノの言葉で、自分たちが婚約するに至った理由を思い出す。

「キニシスは、こちらにも攻めてくるつもりなのかしら……」

遠い西の空を見上げると、不安を映したように暗雲が漂っていた。明暗の差が、いっそう落ち着かない気分にさせる。

山脈を隔てた西方にある国、キニシス。かの国は同じ大陸にあるアルクシア、ネブライアに比べて歴史が浅く、また移住民が集まってできた性質ゆえか、開拓精神にあふれている。……悪くいえば、侵略主義。

建国よりあまたの周辺諸国を併合し、今では『帝国』を自称している。

そんな無法者のキニシスが、アルクシアとネブライアをも併合しようとしていると、近年はもっぱらの噂だ。

警戒したリリアーヌとルチアーノの両親は、自分たちの子が生まれてすぐに婚約を決めた。二国の繋がりをより強固にし、キニシスに対抗するためだ。

(だけどこの結婚が、果たして牽制になるのかどうか……)

不安に押し出された溜息が漏れると、ルチアーノが安心させるように明るい声を出した。

「企みがあったとしても、すぐには攻められないよ。アルクシアを守る盾を、そう簡単に乗り越えられるとは思えない」

アルクシアは西に山脈、南北に絶壁と、自然の要塞に守られている。そうした攻めにくさがあったから、アルクシアはキニシスと隣接していても無事でいられた。むしろ東側に障害のないネブライアが、昔は攻められたくらいだ。

「もう十分、豊かになったでしょうに……。この上血を流すことに、なんの意味があるというの」

「さあね。でも君が知っている以上に、人は欲深いから」

諦めた顔で言い切るルチアーノとは違い、リリアーヌはなぜキニシスがそうも好戦的なのかわからない。

今ある領地だけでは、なぜ足りないのか。

きれいごとと知りつつ、皆が平和に仲良く暮らせる世界が一番だと思ってしまう。

(こんな考えを持っているから、父様に甘いと言われるのだわ)

国を守るためには、きれいなものだけを見つめているわけにはいかない。人には美しいところもあれば、醜いところもあるのだから。

わかっていても、他を滅ぼそうとする精神が悲しくてならない。

「何も考えずに済んだ昔が懐かしい……」

庭を駆け回っていた幼い頃は、美しいと思うものだけを見つめていられた。

使命から逃げるわけではないけれど、今と昔の差に胸が苦しくなる時が多々ある。

「……だめね。こんな弱音を吐いているようでは、またこの迷路に飲み込まれてしまう」

古の白銀の姫は緑の迷宮を抜け、神の滝で知恵を得たと伝えられている。

アルクシア城の庭園は、その伝説になぞらえて造られた。ご丁寧なことに「なにもそこまで」と辟易する難解さだ。

「はは、そうだね。この緑の迷宮は、注意力が散漫だと抜け出せない。大泣きしてた、昔の君みたいにね」

「だ、誰だって一人でいては心細くなるでしょう？」

「まあ迷う度に大泣きしてくれたから、私も見つけやすかったのだけれど。ああ、懐かしいなぁ……涙と鼻水でぐちゃぐちゃになった君の顔も可愛かったよ」

恥ずかしい昔の思い出を持ち出されて赤面する。

そう、複雑な構造のせいで迷ったのは一度や二度ではない。特にルチアーノと遊んでいる時は、よく迷った。

拗ねた顔で睨むと、ルチアーノは面白そうに膨れた頬をつついてきた。

「本当に君は方向感覚が鈍いよね」

「違うわよ。きっとルチアーノがいるという安心感で気が抜けていたんだわ」

リリアーヌの父はよく言った――迷うのは、白銀の姫として迷いがあるからだ、と。

さすがに成人した後は庭園で迷子になることはなくなったが、かといって迷いまでなくなったとは思えない。

こうして度々最終地点に来てしまうのも、元の場所に戻れるのを確認して自信をつけたいから。逆にいえば、迷いがあるから来る必要がある。

キニシスの脅威を考える時、自分がしっかりしなければという決意と共に、不安が頭をもたげる。考えだせば切りがない。

「もし……」

テーブルの上に視線を落としていたリリアーヌは、優しい声で思考の海から浮上する。

引き気味になっていた顎にルチアーノの指先があてがわれ、自然と面が上がった。

「もし迷ったとしても、二人でいれば必ず出口を見つけられる。どんな時でも僕が君の手を引いて歩くよ、リリアーヌ」

「ルチアーノ……」

温かな視線、言葉に勇気づけられる。

透き通った声に聞き入っていると、ルチアーノは空いているほうの手で懐《ふところ》から小箱を取り出した。

「これは?」

差し出され、困惑の浮かぶ瞳を向ける。

するとルチアーノは微笑み、小箱の蓋《ふた》を開けた。

「私が君を見つけるための目印だよ。どこにいても、私はこの光を辿って君を救い出す」

光、と称えられた小箱の中の宝石が、陽光を反射して輝く。夕の色を凝縮したような、大粒のルビーだった。

　涙形をしたそれが金の鎖の先についており、首飾りになっている。

「きれい……」

　あまりの美しさに感嘆の息が漏れる。

　手を伸ばしかけ、はっとして顔を上げた。

「でも、誕生日でもないのにこんな高そうなもの……」

「ははっ。そういえば君は姫なのに、昔から高価なものが苦手だったな」

　からかう声に、わざとらしく唇を尖らせる。つんと横を向いて、首飾りに吸い寄せられそうになる目を閉じた。

「アルクシアの政策は、節約第一。富は民に分け与えるもの。……なのよ！」

「知ってる。だからこれは、婚約指輪の代わりとでも思ってくれればいいよ」

「そんなこと言って……」

　律儀なルチアーノのことだ、首飾りを受け取っても婚約指輪は違うものを渡してくるに違いない。

　そう思ったけれど、せっかくの贈り物を前に断り続けるのも気が引けて、結局はそろそろと手を伸ばした。

「私がつけてあげるよ」

指先が紅玉に触れる前に、ルチアーノが立ち上がって後ろに回る。

かちりと留め具のはまる音がして、首まわりに少し冷たい感触を覚えた。

「やっぱり、よく似合ってる。君の勇敢さを示すような色だ」

「ふふ、ありがとう、ルチアーノ。大切にするわ」

「君は私に、お礼なんて言ってはいけない。私こそ、君には一生かかっても返せない恩があるのだから」

言いながら、ルチアーノは金の鎖が這う肌をなぞる。

伝い上った指先は、やがてリリアーヌの肩にある、引きつれたような部分に触れた。

そこだけ薄赤く、手触りが違う。

「……ルチアーノは、まだこの傷のことを気にしているの？」

八年前、リリアーヌは肩に大怪我《おおけが》を負った。奇跡的に生還したが、傷痕は残っている。

だが傷はリリアーヌにとって恥ずべきものではなく、むしろ……

「私にとっては、勲章《くんしょう》なのに」

「本心からそう言える君が、私の誇りだ」

苦く、けれど幸せそうに笑う彼を愛おしく思う。

リリアーヌの胸にも幸福感が広がり、頬が緩んだ。

首を反らし、ルチアーノの瞳を見つめる。

「この幸せを、お母様に伝えたかった。貴方のお母様も生きていらっしゃったら、きっと喜んでくださったでしょうね」

「……そうだね」

二人の母が病でこの世を去って、既に十年以上が経とうとしている。

優しかった母の面影を瞼《まぶた》の裏に浮かべ、リリアーヌは上を向いたまま目を閉じた。

その閉じた瞼の上に、柔らかな感触が落ちる。

見えない彼の顔が気になって目を開けようとすると、掌《てのひら》でそっと覆われ、今度は頬に口づけられた。

「ルチアーノ、私も貴方の顔が見たいわ」

「だめだよ、今はとても酷い顔をしているから」

「何を言っているの。貴方ほど美しい人はいないというのに」

「……愛しているよ、リリアーヌ。後にも先にも、私の妃は君一人だ。君だけが私を救える」

甘い囁きに耳を傾け、掌の覆いの下でうっとりとする。

……この幸せが崩れるとは、思いもせずに。

2.

腰まわりを締め上げるコルセットから解放されて、やっと白銀の姫としての一日が終わる。

侍女が下がるのを見届けたリリアーヌは窓辺に寄りかかり、もらったばかりの首飾りを掌の上に載せた。

今夜は満月だからか、さやかな月光を浴びて光る紅玉は、不思議な魔力を持っているかに見えた。

この紅玉のように、彼の心も裏側まで透かせたら良いのにと思う。

「ルチアーノ……」

やはり王の責務に追われ、疲れているのだろうか。ルチアーノは真面目すぎて仕事の止めどころを忘れる時があるから、心配でならない。

指先で鎖の部分を持ち、彼の心を覗くように瞳の前に紅玉を吊《つる》す。

鉱物に映る室内は暗く、そのくせ石の輝きのせいか濡れ光っているようでもあった。

金の天蓋から垂《た》れるレースのカーテンも、お気に入りの純白の化粧台も、父王が土産で買ってきてくれた長毛の絨毯《じゅうたん》も……すべてが赤く濡れている。

奇妙な禍々《まがまが》しさを覚え、リリアーヌは二、三度瞬きをした。丁度背後の窓から風が吹き込んできたのもあって、ぶるりと身震いをする。

「まるで……」

血にまみれているようだ、と呟きかけて言葉を飲み込む。想像であっても、ルチアーノからもらった紅玉でそんな連想をしたとは思いたくなかった。

まったく、寝る前に嫌な想像をしてしまったものだ。

リリアーヌは手早く首飾りを着けると、呼吸を整えながら窓枠に手をついた。

夜気に晒されていた石の手すりはひんやりと冷たく、また小さな震えが走る。肺を満たす海辺の清涼な空気も、今夜ばかりはなぜか優しく感じない。

「今日は不気味なくらいに凪《な》いでいるわね……」

闇に染まった海は、波を立てることすら恐れるように暗く沈んでいる。漂ってくる潮《しお》の香りと微かな波音がなければ、海だとは認識できないだろう。

変化のなさが恐ろしく、リリアーヌは無意識に遠い水平線まで波を探した。

ルチアーノに会えて嬉しい日だったというのに、この不安はどこからくるのか……。

「アルクシアの盾は、そう簡単には乗り越えられない……」

不安から逃れるために、昼間ルチアーノから聞いた言葉を復唱する。

そうだ、この断崖絶壁を登ってこられるわけがない。

キニシスの軍船がきたとしても、アルクシアは戦える。

「大丈夫よ、大丈夫……」

繰り返す言葉は祈りにも似て、眼下の海に注がれる。

それでも落ち着かない視線は、城を守るようにして聳《そび》える丘をなぞった。

伝説の時代から、アルクシアの王城は海を臨む丘の中腹に建ち続けてきた。特にリリアーヌの部屋からは海がよく見渡せる造りになっている。

しきたりのようなもので、代々の白銀の姫はここを居室とし、リリアーヌも『先代白銀の姫』である母がこの世を去る時に譲り受けた。

王の寝室よりも見晴らしの良い、素晴らしい部屋。

幼い頃はこの窓からの景色を単純に美しいとしか思っていなかったが、今は与えられる意味を知っている。

この景色すらも、白銀の姫であれと押しつけてくるのだ。

「いと高き、白銀の姫であれ……」

ぽつりとこぼれたのは、白銀の冠を民の前で授与された時の言葉。

日を経るごとに、あの声が重くのしかかってくる気がする。鎖のごとく四肢に絡みついて、重く重く、地面に繋がれるのだ。

昔は、人でしかない私に何ができるのか、何もできないくせに崇められるのは苦しいと、父王に泣きついたこともあった。

父王は厳しい声色で、しかしリリアーヌの頭を優しく撫でながら答えた——ただ象徴として、生きることだ。清く正しい心を持ち続け、死ぬまで過ちを犯さず、また恐れも持たず、民のために毅然《きぜん》と立ち続ける。それがお前の使命だ……と。

聞いた瞬間、希望どころか絶望が広がった。なぜ絶望なのか自分でもうまく説明できなかったが、とにかくそう感じたことだけは憶えている。

(死ぬまで過ちを犯さない人間なんているのかしら……)

弱さゆえの不安だと笑われたとしても、父王の言葉がとても恐かった。過ちを犯せば、唯一の役目である「正しく生きること」すらできなくなってしまう。

模範となる存在——兄と慕うルチアーノがいなければ、とうに心が折れていただろう。

そうして支えてくれたルチアーノに、今度は自分が恩返しをしたい。

「ルチアーノ、今度は私が貴方を支えるわ……」

遥か下から聞こえてくる波音に意識を集中させ、決意の強さで不安を追い出す。

胸元の紅玉を握りしめたまま寝台に横になれば、混迷していた意識は導かれるように眠りに落ちた……。

「ん……」

寝入ってから数刻ほど後、熟睡していたリリアーヌは普段にはない気配にみじろぐ。身を押しつぶすような、気持ちの悪い圧迫感だ。

徐々に眠りが浅くなってくると、聞きなれない音が鼓膜をひっかき、一気に脳内が覚醒した。

「な、なに……？」

何か硬い物が石壁に衝突し、次にガラガラと崩されていく音。城壁を壊すような……いや、実際に壊されているのであろう状況が、聴覚だけでもわかる。

数刻前までは平穏だった城内は、今や不穏な音で浸食されていた。

「一体何が……！」

跳ね飛ぶ勢いで寝台から下り、窓際まで駆けていく。手が痛くなるほどの強さで両開きの窓を押し開けた瞬間、リリアーヌは衝撃に目を見開いた。

「っ!?」

限界まで広がった紫の双眸に、赤々と燃える海上の炎が映る。その熱風の中で翻《ひるがえ》る――

「キニシスの、軍旗……」

実際に目にしているというのに、信じられなかった。

なぜ誰も軍艦の接近に気づかなかったのか。見張りの兵士もいたはずだ。

それに断崖絶壁を登って攻めてきたにしては、城に辿り着くまでが早すぎる。

山脈を越えてきたとしても、まずは麓にある砦で足止めをされるはずだ。

——幾通りかのキニシスの侵攻方法を考えたが、どれも現実的とは思えない。

あらゆる監視の目をくぐり、闇から突然出てきたのでなければ、この状況にはなりえなかった。

（なぜ……？　まるで元から内側に潜んでいたような素早さだわ……）

呆然と立ち尽くしていたリリアーヌの耳を、再び轟音《ごうおん》が穿《うが》つ。

はっと正気付き、転びそうになりながら室内履きに足を入れる。

白銀の姫が夜着のまま人前に出るのは、と一瞬の迷いが頭を過《よ》ぎったが、続いた破壊音に急かされて立ち上がった。

（お父様、今日だけは過ちをお許しください）

はしたなかろうが、死んでしまえば白銀の姫もなにもあったものではない。

（まずはエステラと合流しなければ……！）

エステラは今年十三になるリリアーヌの妹、アルクシアの第二王女だ。心優しく愛らしい彼女を、リリアーヌは目に入れても痛くないほどに可愛がっている。

繊細な彼女が恐怖で動転していないか、気が気ではなかった。

焦りで駆け出そうとしたリリアーヌは、ふと思い出し、部屋の中央で足を止める。

踵《きびす》を返して室内を横切り、宝石箱からある物を取り出した。

（どうか、これを使わないで済みますように……）

硬い感触のそれを握りしめ、今度こそ勢いをつけて走り出た。

「姫様！」

扉を開けてすぐに、同じく寝入っていたのであろう侍女が真っ青な顔で走り寄ってきた。髪はぐしゃぐしゃで、彼女もまた寝間着のままだ。

無理もない、誰もこんな急転直下の事態に陥るとは思っていなかったのだから。

侍女はがくがくと震える自身の手を必死で押さえ、動揺に揺れる声で報告した。

「さきほどエステラ様の侍女の一人とすれ違いました。間もなくエステラ様もこちらにいらっしゃいます」

との報告を受けている間に、何人かの慌ただしい足音が近づいてきた。

侍女の肩越しに顔を上げれば、廊下の端から長い銀髪を揺らしながら走ってくる少女が目に入った。

「お姉さま！」

「エステラ！」

駆けてくる彼女を受け止め、無事を確認するように名を呼ぶ。

腕の中の体温に束の間の安堵を得て、すぐに彼女の両頬に手を添えた。

しっとりと濡れた感触がするのは、恐らく泣いたからだろう。そう推測しているそばから、大きな瞳からはぽろぽろと大粒の涙が溢れ出した。

リリアーヌは自分とよく似た紫の瞳の中に、予想以上に強《こわ》ばっている己の顔を見た。

「お姉さま、ご無事でよかった……！」

「貴女も」

短く答え、さっと目を海上に向ける。無事の再会を喜びたい気持ちはあれど、のんびりしている時間はないのだ。

「行きましょう、エステラ。平和の象徴である私たちがここで死ぬわけにはいかない。今は一刻も早くお父様と合流して、体制を立て直さなければ」

「は、はい！」

考えるのも悩むのも後回しだ。今はとにかく避難しなければいけない。

汗ばむ手でエステラの手を握り、一つ頷き合って走り出す。

前後は侍女と数名の衛兵が固め、父王がいる玉座の間へとまっすぐに向かっていった。

「っ……」

久しぶりに全力で走ったせいで、息が上がって胸が苦しい。

やや後ろにいるエステラも額に汗を浮かべながら、荒い呼吸を繰り返していた。

二人の姫を追いかけるように轟音が、硝煙《しょうえん》の臭いが、迫ってくる。

その度に肩を跳ね上げ、唇を噛みしめ、それでも足だけは止めないようにと必死で駆け抜けた。

恐怖に急かされているせいか、常よりも廊下が長く感じる。

激しい運動に慣れていない脚が情けなく痙攣しはじめたが、やがて玉座の間の大扉が見えてくると、もう一ふんばりと力が出た。

「はあっ、はあっ、はあ……お父様！」

「リリアーヌ……」

玉座の間に辿り着いた時、父であるアルクシア王が険しい面持ちでリリアーヌの名を呼んだ。

年を重ねてもなお豊かな銀髪が、振り向く動作に合わせて肩の上を滑る。

どこか疲弊して見えるのは、いつもは後ろのほうになでつけられている前髪が目元に濃い陰を作っているせいだろう。

十八の頃に子をもうけた彼はまだ三十後半のはずだが、今宵は心労ゆえにか一回りほど老けているように感じた。

「お父様……」

アルクシアの粋を集めたシャンデリアの下、一歩一歩近づくごとに悪い予感が大きくなる。

決意と諦め、父の目の中にその二つの感情を認めたからだ。

これからどのような命が下されるのか、言われる前に理解できてしまった。

「……エステラをつれて逃げろ、リリアーヌ。あの隠し通路のことは憶えているだろう」

予想していた言葉とはいえ、耳にした瞬間泣きたくなった。溜まった涙をこぼさないよう、目元に力を入れる。

本当は取り乱してしまいたかったが、後ろに控えているエステラの手前、涙を流すわけにはいかなかった。

姉である自分がしっかりしなくてどうする、と夜着の下で震えている膝に内心で鞭を入れる。

「憶えております。ですがお父様、まだ希望はあるのではありませんか」

縋《すが》る思いで父を見上げる。

だが彼はゆっくりと瞬いただけで、リリアーヌの望む反応はくれなかった。

焦りでもつれそうになる舌を動かし、必死で言い募《つの》る。

「同盟国ネブライアの王であり、私の婚約者……ルチアーノは夕刻に城を出たばかりのはず。今頃は彼がこの事態に気づいて、軍を向かわせてくれているでしょう。彼の軍が到着するまで持ちこたえれば、まだ巻き返せます」

一息で言い切ったのは、途中で否定されるのが恐かったからだ。

案の定、彼は長衣の裾を翻《ひるがえ》して背を向けた。

「……彼にはもう、頼ってはいけない」

「っ、なぜですか!?」

勢いよく前に回り込んだリリアーヌは、父が思いのほか弱った顔をしているのを知った。

いつだって毅然と、王者然として立っていた彼らしからぬ、迷いのある表情。

それを見た時、彼はルチアーノの生存すら諦めているのではないかと推測した。

(確かに、夕に城を出たのだとしたら、キニシスの軍に襲われている可能性がある……。生きていたとしても、どこかで足止めをされているかもしれない……)

ルチアーノの身を案じてリリアーヌが俯くと、ためらいを感じさせる声が耳に届いた。

「それに彼は——」

「陛下!」

父王が何かを言いかけたところで、前線から報告にきたのであろう兵士が走り込んできた。

共に戦況を聞く内、絶望がじわじわと胸に広がる。

声をなくしていると、父王の手がリリアーヌの頬に添えられた。

「すまない、リリアーヌ……」

謝罪の真意を摑みかねて、眉根を寄せる。

「お父様……?」

問うつもりで呼びかけると、彼は険しい表情を落とし、ふわりと微笑んだ。王ではなく、父の顔だった。

「リリアーヌ、きっとお前は幸せになれる。白銀の姫としてではなく、一人の女として」

崩れゆく城の中で聞かせるには、あまりにも似つかわしくない台詞だ。

最奥のここは形を留めていても、第一、第二の門は炎に飲まれていることだろう。

前線で敵兵をくい止めているであろう衛兵も、既に何人が命を落としたかわからない。

なのに彼は「幸せになれ」などと言う。

「あの、どういう――」

問いが終わる前に爆音が響く。床をも揺るがす振動に皆は一斉に悲鳴を上げ、侍女は揃って腰を抜かした。

恐らくはそう遠くない場所に爆薬がしかけられ、どこかの壁が崩されたのだろう。

リリアーヌは動転しながらもエステラを引き寄せ、小さな頭を抱え込んだ。

「きゃあああっ！」

「っ、大丈夫、大丈夫よ、エステラ」

叫びたいのはリリアーヌも一緒だったが、自分以上に恐慌状態に陥っている妹を放っておくことはできなかった。

まったく「大丈夫」になる要素は見あたらなかったが、彼女を落ち着かせるために穏やかな声を出し続ける。

次に振動が収まった時、父王はぐっとリリアーヌの肩を押した。

「行け、リリアーヌ！　決して振り返るな！」

アルクシア王の証である宝剣を抜き、我が子たちを守るように構えの姿勢をとる。

広い背中に手を伸ばし、リリアーヌは力いっぱい叫んだ。

「逃げるのならば、お父様も一緒に……！」

「王が城を捨てるわけにはいかない。私はここに残る」

「では私も！」

「お前たちはだめだ。白銀の姫は、どんなことがあっても殺されてはならない。お前たちは民の希望なのだから」

「でも……っ」

ずっと堪えていた涙が堰《せき》を切ったようにこぼれる。

父王の命令がアルクシアの王族としては正しいと頭ではわかっていても、心が追いつかなかった。

床に張り付いた足は微動だにせず、父を失いたくないと訴えている。

「ではこう命じよう、エステラを守れ」

「！」

ひゅっ、と荒くなっていた呼吸が止まる。

矢に胸を貫かれた気分で、父の背中を見つめた。

「……エステラを守れ、リリアーヌ。無事ここを逃げ延び、エステラを幸せにしろ」

「お父、さま……」

最後の涙が、はらりと落ちる。

リリアーヌにはわかっていた。父が二人を生かすために、あえてエステラを守れと命じたことを。

そうでも言われなければ動けないリリアーヌを、彼はよく理解していた。

「エステラを生かせ！」

「っ……その命《めい》……しかと承りました……」

震える声で言い切り、軽く膝を折って頭を垂れる。

再び顔を上げた時、もうリリアーヌの瞳に迷いはなかった。

「お姉さま……」

「行きましょう、エステラ」

不安げに見上げてくるエステラの手を取り、足早に歩き始める。

ついてきた従者は二名のみで、あとの者は王の側に残った。

向かうのは玉座の裏側——普段は国旗に覆われて見えない壁の前。

重厚な布をめくると、頑丈そうな鉄扉が現れる。

「お姉さま、この扉は……」

「私が持つ鍵でしか開かないようになっている、王族専用の隠し通路よ」

部屋を出る際に持ち出したのは、この鍵だった。

鍵の存在を知っているのは、王と白銀の姫のみ。

受け継いだリリアーヌすら使うのは初めてだから、内部がどうなっているのか、ちゃんと通り抜けられるのかすら知らない。

(まさか通路を使う初めての白銀の姫が、私になるとは思わなかった……)

握りしめた鍵が汗で滑り、落ちそうになる。

慌てて持ち直し、無意識に息を止めながら鍵穴に差し込んだ。

かちり、という音を耳が拾い、心臓が跳ねる。

目前の扉を開ければ、二度と父に会うことはないかもしれない……。

たぶん、この予感は現実になるだろう。

(この選択は、本当に正しいの……?)

迷いが足を止めた時、玉座の向こう側から声が飛んできた。

「行け、リリアーヌ!」

「!」

声に押され、一歩を踏み出す。

ご武運を、と呟いた唇に涙がしみた。

徐々に扉の隙間が狭まり、光が細くなる……。

「……ごめんなさい、お姉さま」

扉は特殊な構造になっていて、一度閉じると鍵がなければ開かないようになっている。

再び鍵がかかる音を背後に聞いていたリリアーヌは、同時に響いた弱々しい声に振り向いた。

「どうしたの、エステラ。どこか痛いの？」

「いいえ、お姉さまのおかげで、どこも痛くはありません。ですが……」

従者がカンテラに火を点けると、きゅっと唇を噛みしめたエステラの顔が見えた。

もしや痛みを我慢しているのかと心配になったが、続いた言葉にリリアーヌの胸こそが痛んだ。

「私がいるせいで、お姉さまにつらい選択をさせてしまいました……」

「エステラ……」

リリアーヌは彼女の泣き濡れた頬に口づけ、子が母にするように抱きしめた。小刻みな震えが伝わってきて、さらに切ない気持ちになる。

「貴女のせいではないわ」

「っ、でも……でも……！」

しゃくりあげ始めた背を撫で、ゆっくりと説いて聞かせる。

「むしろ貴女がいるから、私は生きていける。救われているのは私なの。お父様がああ言ったのは、私と貴女の二人を生かすためよ」

はらはらと涙をこぼす瞳が、やっとリリアーヌを映す。

リリアーヌは彼女の鼻水を拭《ぬぐ》ってやりながら、苦笑して言った。

「姫君が鼻水を垂らして泣くものではないわよ」

「ひっく……ご、めんなさ……」

「冗談よ。後で私も酷い顔をして泣くもの。……でもそれは、ここを生きて出られた後よ。今はお父様のためにも、前に進みましょう」

こくん、と声なく頷いたエステラの頬に再び口づけ、背を伸ばす。

焦りを見せる従者と目で言葉を交わした後、華奢《きゃしゃ》な手を握って歩き始めた。

「大丈夫？　エステラ。足下に気をつけてね」

「……結構、歩きにくいですね」

狭い通路に荒い息づかい、怯えた声が反響する。くぐもっているようにも聞こえるのは、ここが自然の洞窟《どうくつ》を利用して造られたせいもあるのだろう。

真っ暗な道の先に音が吸い込まれていくようで、その不気味さに冷や汗が流れる。

「ここは自然の洞窟を利用して造られた通路で、あまり人の手が入っていないのよ。だからこの存在が外に漏れなかったというのもあるわ」

踵の低い靴を履いているとはいえ、足下はでこぼことしていて、どこまで歩いても安定しない。その上視界が暗いものだから、気を抜いていると転びそうになる。

（これで行き止まりだったら……）

なにせ一度も通り抜けたことがない道だから、つい悪い想像をしてしまう。暗闇に閉ざされているせいか、だいぶ心が弱っているらしい。

内心で自分を叱責し、リリアーヌはきつく前方を睨みつけた。

こんなところで膝を折るわけにはいかない。エステラを守るという使命を、父から託されたのだから。

そうしてリリアーヌが己の中にある弱さと戦っている間に、うっすらとした光が差し始めた。

「！　見てください、お姉さま！　きっと出口ですよ！」

エステラも、ずっと不安でたまらなかったのだろう。出口らしきものを目にするや否や、逆に手を引っ張って歩き出した。

「あっ、待って。急いでは危ないわ」

そう言いながら、リリアーヌの歩みも喜びで速まる。

しかし一歩、二歩と進んでいくと、妙な違和感がわいてきた。

(おかしいわね、朝陽が差すほど時間が経ったの……？　いえ、だいぶ歩いたもの、きっと朝になったのよ)

暗く狭い洞窟内では時の感覚があやふやになる。だからリリアーヌは、一度感じた違和感を気のせいだと思った。

というより、思おうとしたのだ。そうしなければ進めないほどに、心が弱りきっていた。

「ねえ、お姉さま」

横から嬉しそうに呼びかけられ、思考が遮られる。

微笑みで応えると、エステラは涙の跡が残る面を上げ、決意を語った。

「エステラは、ここを出たら変わります」

昔から必死になると、彼女は自分のことを「エステラ」と呼ぶ。

幼い癖が抜けきらないところがまた可愛いらしく、リリアーヌは柔らかな声で聞き返した。

「変わる？」

「はい。エステラはもっと強くなって、お姉さまを助けられる姫になります」

「ありがとう。だけど今でも、エステラは強い姫だわ」

辛く悲しい時でも、他者の幸せを願える。それは誰にでもできることではない。むしろできない者のほうが多い。

健気《けなげ》なエステラの言葉に励まされ、心からの笑みが浮かぶ。

一方、エステラはふてくされ気味に頬を膨らませた。

「お姉さまはエステラを甘やかし過ぎですわ。今のエステラは弱虫だから、強くはありません。これから強くなるのです」

「そうね、エステラはもっと強い姫になりそうだわ」

こうして話していると、エステラと共に自分を逃がした父王の判断は、やはり正しかったのだと思える。

　彼女がいれば、頑張れる。辛くても立ち上がれる。

「さあ、ここから出ましょう、お姉さま！」

「もう、走ってはだめよ、エステラ。この者たちが危険がないのを確認してくるまで、私たちは外には出られないの」

「でも、ここはお姉さまとお父様しか知らない秘密の通路なのでしょう？　なら出口には誰もいませんよ！」

　エステラの言い分は間違ってはいない。

　アルクシアの王と白銀の姫しか知らない避難通路の先に、誰かがいるわけがないのだ。

　だから妹を窘めつつも、リリアーヌは大して警戒せずに従者と共に扉を開けた。

　一刻も早く、彼女を無事なところに逃がしたかった。

「そうだ、エステラ。ここから出たらまずは……」

　光が広がり、目を細める。

　朝陽とは違う……橙色《だいだい》の光に。

「──ここを出たら、お前は私の妃になる」

「え……？」

　聞いたことのない声に言葉の先を引き継がれ、エステラの手を握ったまま呆然と立ち尽くす。

目の前の光景に、二人して固まっていた。

「な……」

やっと声が出せても、その一音だけ。空気の足らない魚のように、口を開閉させる。

あたりは松明《たいまつ》の灯りに照らされており、洞窟内に入ってきていた光はこれだったのだとわかった。

「な、んで……」

抵抗しようとした従者はあっという間に捕らえられ、気がつけば屈強そうな男たちに四方を囲まれていた。

動揺にブレる視界の中央——黒衣をまとう男を、信じられない思いで見つめる。

だって、いるはずがない。

「貴方は……」

誰、と最後まで言えなかったのは、目の前に立つ男があまりにも異彩を放っていたからだ。

リリアーヌが出会ったどの人間よりも、強烈な存在感を持っている。

屈強そうな体躯《たいく》のほとんどは黒で覆われ、風になびく長い髪もまた、漆黒。瞳も同じ……と明言するのをためらうほど、吸い込まれそうな深い闇色をしている。切れ長のそれが細められると、呪いをかけられたように胸が騒いだ。

（この人は、一体……）

背にしている満月のせいか、男の姿は禍々しくさえ見え、リリアーヌは小さく震えた。

それに彼は、人にしては美しすぎる。昔絵本で読んだ『黒い悪魔』が、たしかこんなふうだった――馬鹿げた想像をしてしまった自分を笑いたい気分だったが、本当に似ているのだ。程度でいえばルチアーノといい勝負といったところだが、部類がまったく違う。中性的で透き通った印象のルチアーノと対極をなす、野性みのある美しさだ。

黒い悪魔が、死から逃れた自分たちを許さず、魂を取りに来た――そんな感覚に陥り、とっさに横にいたエステラを背後に隠す。

リリアーヌが明らかに警戒している様子を見せると、男は芝居がかった身振りで腰を折り、口を開いた。

「お初にお目にかかる、麗しき白銀の姫。私はキニシスの皇帝、レオン。遠路はるばる……お前を娶《めと》りにきた」

初めのほうは芝居がかった恭《うやうや》しさ、最後にいくにしたがって不遜さが増す。暗闇に響くその声は、夜露《よつゆ》のごとく艶やかで、甘い毒のように鼓膜に染み込んできた。

硬直して動けないリリアーヌに向かって手を伸ばし、男は肉厚の唇をニヤリと歪めた。傲慢《ごうまん》を体現する笑みだ。

「やっと会えたな。この日を待ち焦がれたぞ」

「わ、わけがわからない……。貴方は何を言っているの……？」

「説明が不足だったのならば、もう一度してやろうか。私はキニシスの皇帝、レオン。お前を娶るために、迎えにきた」

「キニシスの、皇帝……」

キニシス、という単語で停止していた思考能力が戻ってくる。

一気に心拍数が上がり、全身の毛という毛がぶわりと逆立った。

「キニシス……！　よくも、よくも我が国を……！」

罵《のの》りの言葉はいくらでも浮かんできたし、どんなに罵倒《ばとう》しても足りないくらいだったが、感情が昂《たかぶ》りすぎてそれしか口にできなかった。

激情でぶるぶると震えるリリアーヌの瞳は、かつてないほどの怒りに燃えていた。

「……私が、お前の国を滅ぼしたと思うのか」

「貴方以外に誰がいるというの!?」

噛みつくように叫ぶと、皇帝レオンは伸ばしていた腕を下ろし、遠くの空を見上げた。

視線の先にあるのは燃え盛るアルクシア城、そしてその上で翻るキニシスの軍旗。他でもない、キニシスがアルクシアを滅ぼしたという証だ。

「……そうだな」

確認にしては、やけに悲しげに聞こえる声だった。はためく軍旗を見つめる目も、征服者の満足を表しているとは言いがたい。

奇妙さに眉を顰めていると、それに気づいたレオンは一度目を閉じ、次に瞳を開けた瞬間に不敵な笑みを浮かべた。

つり上げられた口端から、悪魔の牙を思わせる鋭い犬歯《けんし》が覗く。

「だとしたら、何だと言うのだ？　お前がどう思おうが、私はお前を妻にする」

「愚かな。国を滅ぼした悪魔の手をとるくらいならば――」

「くらいならば、死を選ぶか。ご立派な決意だが、その愚かな提案を飲まなければ、お前は妹を救えない」

「っ！」

ざっくりと胸を斬られた気分だった。

確かにここでレオンの要求を断れば、エステラは救えない。それにまだ幼いとはいえ、エステラも既に子をなせる体だ。リリアーヌが死した後に陵辱《りょうじょく》されたとしても、なんら不思議ではないのだ。

「なんて卑劣《ひれつ》な男なの……」

ぎりぎりと奥歯を噛み、心底軽蔑した目を向ける。

それすらも嘲笑《あざわら》うような笑みが不愉快で、侮蔑《ぶべつ》の言葉を重ねようと口を開きかけた時、

「おい、レオン。女を口説くのにいつまでかかってんだよ。さっさと撤退しねぇと、後がきつくなるぞ」

闇を裂く明るい声が響き、リリアーヌは息を飲んだ。

がさがさと草を踏み分けながら、近づいてくる者がいる……。親しみのこもった声色からするに、皇帝の側近か何かか。

暗がりに目を凝らし、いっそう体を固くして身構える。

「おい、聞いてんのかよ。……ん？　なんだ、もめてんのか？」

葉擦れの音と共に現れた男は、場違いなくらいに気が抜けていた。屈強さでいえばレオン以上で、太い腕や足、大柄な体躯からは熊を想像するほどだというのに、彼からは警戒心というものがまるで感じられなかった。短く刈られた赤髪には葉っぱが数枚ついており、さらに一同の緊迫感をそいでいく。

どう反応したら良いものか迷っていると、男はちょっと遊びにきた、そんな体で話しかけてきた。

「あんたも、ここにいたら危ないだろ」

「……？」

攫いにきた張本人が、何を言っているのだろう。

男に向けた訝《いぶか》しむ視線を、レオンの片腕が遮る。

「余計なことを言うな、カルロス」

「何が余計なんだよ」

「……とにかく、お前は黙っていろ」

皇帝とその従者の会話にしては、やけに隔たりがないように感じる。上司と部下というよりは、友人同士の馴れ合いに近い。

迷走する展開を前に、リリアーヌもエステラも立ち尽くす。

少しして、二人の様子に気づいたレオンがこちらへと向き直った。改めてといった様子で、手を差し伸べる。

「では行こうか、我が妃よ」

「……貴方の妃になった憶えはない」

「残念ながら、すぐにそうなる。……身も心もな」

一歩が踏み出され、じりりと後ずさる。

「私たちを汚《けが》すつもりなのね……。この子はまだ十三なのよ！」

「さて、すべてはお前の出方次第だ」

自信たっぷりな物言いが腹立たしい。

しかも余裕を見せつけたいのか、レオンは懐から取り出した小瓶を傾け、酒らしきものをあおった。

（この男は、どこまでアルクシアを馬鹿にすれば気が済むの……）

悠々とした足取りで近づいてくるレオンを睨《ね》め付け、背後にいるエステラの手を握る。

もしこの男たちがエステラに危害を加えるようなら、いっそのこと二人揃って自害したほうがましかもしれない……。

幼い妹が複数の男に陵辱される未来を想像した時、悲壮な決意が面《おもて》に滲み出た。

(エステラに死よりも辛い思いをさせるくらいならば……、っ!?)

感情の動きを読み取ったレオンの瞳は一瞬にして険しくなり、リリアーヌは震え上がった。

本能的な恐怖で体を引いたはずが、瞬きの間に距離を詰められ、あっと短い声を上げる。

その開いた唇が得体の知れない柔らかなもので覆われた……と思ったのは、レオンの行動が唐突すぎたからだ。

「っ……」

隙間なくくっつけられた胸板、腰、太腿《ふともも》——抱きしめられ、口づけられている。逞《たくま》しい腕で拘束されている。

熱い唇にぴったりと口を塞がれながら、リリアーヌは一つひとつの事実に混乱し、これ以上ないくらいに目を見開いた。

「んっ、ふ……」

驚愕で固まっている隙に、口内に生ぬるい液体を流し込まれる。塞がれているから吐き出すこともできず、流れてくる勢いのまま飲み下してしまった。

恐らくは先ほどレオンが口に含んでいた酒だろう。という考えは、

（これは……）

甘すぎた。ただの酒を、こんな場面で飲ませるほうが不自然だ。

どうやら酒だと決めつけていたものは、なんらかの薬だったらしい。急激な眠気が襲ってきて、膝から力が抜ける。

理解した時には遅く、落ちかけた体はレオンに支えられた。次いで、一息で抱き上げられる。

「軽いな。これで私の子を孕《はら》めるのか？」

勝手を言うな、誰がお前の子など孕むものか。そう罵ってやりたい。

けれどもはや、口を開くのも難しく、憎む男の胸にぐったりと頬を寄せることしかできない。

「この野蛮人！　お姉さまを離して！」

「カルロス、そこの姫君を頼んだ」

「あいよ」

だめだ、エステラには触れさせない。

男を止めようと必死で伸ばした手は、けれどレオンに掬《すく》い取られた。

愛しげに指先に口づけられ、己の不甲斐なさに泣きたくなる。

「エス……テラ……」

音も視界も、すべてがぼやけていく。

無力さを嘆くリリアーヌの耳に、優しくも聞こえる声が吹き込まれた。

「……忘れるな。血の一滴に至るまで、お前のすべては私のものだ」

やはり、この男は悪魔だ——泥のような眠気に沈みながら、リリアーヌは思った。

3.

花は好きだ。弱い己の気持ちを語ってもただ黙って聞いてくれるし、見た目でも癒してくれる。

「ん……」

リリアーヌが好む花の香りが鼻腔《びくう》を掠め、まどろみの中で大きく息を吸う。優しい匂いから暖かな春を感じ、幸せな気分で微笑んだ。

きっと、また庭園でうたた寝でもしてしまったのだろう。四肢や頭が異常に重いのは、たぶんそのせいだ。

半ば覚醒しながら、ぼんやりと考える。

（いやな夢を見てしまったものだわ……）

キニシスによって国が攻められ、父が陥落寸前の城に残り……悪魔そのものの男と出会った。

思い出すと一気に落ち着かない気分になり、身を縮める。夢だというのに男を象徴する漆黒が網膜に焼き付いているようで、いやいやと首を振った。

早く目を開けて、あの色を忘れたい。

恐怖に急かされ、妙に重く感じる瞼を開けた。

「やっと目覚めたか」

「……え」

目を開けているはずなのに、夢が終わらない。それどころか、夢はさらに強烈な印象になって目の中に飛び込んできた。

幻かと疑っていると、腹立たしくなるほどの丁寧さで名乗られる。

「もう忘れたのか。お前の夫となる男、キニシス皇帝のレオンだ」

蝋灯りに照らされた鼻梁《びりょう》は反対側にきれいな陰を作るほど通って、深い陰影を見せている。男らしい眉の下で瞬く瞳は夜闇を凝縮したような漆黒。濡れ光る様は黒曜石のようだ。にやりとした笑みで肉厚の唇がつり上げられれば、声の醸《かも》す雰囲気と合わさって、強烈な色香が立ち上る。

「うそ……よね……?」

あんな酷い結末が、現実であるわけがない。受け入れたくない。

覚醒しきらない油断のある状態が、リリアーヌにそう呟かせた。

ああ、たまに起きていると思いながら実際にはまだ夢の中、という状態があるが、あれだろうか。

ぱちぱちと瞬きを繰り返すリリアーヌは、しかし次の声で眉を顰めた。

「ならばお前は死んでいるのかもしれないな」

まるで意味がわからない。

目顔で問えば、傲慢に彩られた笑みが語った。

「人は死の間際に幸福だった頃の夢を幻として見るというだろう。私に娶られた幸福が嘘だと言うのなら、お前は既に死んでいるのかもしれない」

なるほど、これは現実なのだろう。

夢で表現されるのは、所詮想像できる範囲だけだ。これほどまでに想像の限界を超えた腹立たしい言葉を紡ぐわけがない。

(この男は、なぜ私を生かしたのかしら……。まさか私を孕ませるなどというふざけたことを、本当に実行するつもりなの……?)

とりあえず殺されなかったのを、良かったと思うべきか新たな悲劇の始まりと嘆くべきか……。

もしかしたら、これから「命を落としていたほうがましだった」と感じるほどの拷問《ごうもん》を受けるかもしれないのだ。どうしても体が強ばってしまう。

アルクシアの姫として怯えは見せまいとしていたが、レオンが少し動くだけでも肩が跳ねてしまい、情けなさに涙が出そうだった。

気を抜くと恐怖で叫んでしまいそうな胸の内を抑え、やっとの思いで一言だけ口にする。

「……エステラはどこなの」

覆い被さるようにして覗き込んでくるレオンを、憤怒《ふんぬ》の表情で睨み上げる。

(ここは……)

警戒しつつ視線を走らせると、金の支柱が美しい豪奢《ごうしゃ》な寝台、蝋灯りに照らされた調度品の数々が確認できた。これでもかと富を誇示するような贅をこらされた室内のおかげで、ここが普通の家屋ではないことはすぐにわかった。恐らくは、アルクシア国内ですらない。

(眠らされている間につれてこられたのね……)

もしや既に純潔を散らされた後かと不安が頭を過ぎったが、体の調子をみるに無事ではあるようだ。

徐々に冴えてきた頭で状況を把握しようとしたリリアーヌは、肌寒さを覚えてくしゃみをする。そうしてようやく、自分が何も身にまとっていないのに気がつき、はっとして両腕で胸を覆った。

「部屋は暖めておいたはずだが、まだ寒かったか」

「……寒いと言えば夜着を返してくださるの?」

「いや? あのような汚れた夜着を白銀の姫に着せられるわけがないだろう。まあ安心しろ、どの道すぐに温めてやる……」

ほんの僅かな期待が艶然とした笑みで打ち砕かれ、姫君らしからぬ歯ぎしりをしたい気分になる。

臀部《でんぶ》でじりじりと後ずさるも、寝台の頭の部分に背が触れてしまい、逃げ場はないのだと悟る。

「さ、先ほどの答えを聞いていないわ」

「答え？」

とぼけた言い方に焦れ、もう一度同じ問いを重ねる。

「エステラは……妹はどこ」

「今は安全なところにいる」

いかにも興味がないといった返答に苛立ちが増す。ぎっと睨みつければ、逆に楽しげにほくそ笑まれてしまった。

「言っただろう、すべてはお前次第だと」

「っ、キニシスの愚かな王……貴方ほど卑劣な人間を見るのは初めてだわ」

「卑劣で結構。お前の『初めて』をもらえるというのなら、むしろ光栄だな。その体を開くのも、お前に屈辱を与えるのも、すべては私だけだ。私だけが、最初で最後の男になる……」

うっとりと感激しているようにさえ聞こえる声が、心底忌々しい。何を言っても「光栄」の皮肉で返されるのがわかり、リリアーヌは早くもまともな対話を諦め始めていた。

視線が落ちたのを抵抗の終わりととったのか、レオンがにじり寄ってくる。

よく心臓が口から飛び出しそうだと言うが、心臓どころか臓腑《ぞうふ》すべてを吐き出してしまいそうだ。

恐怖でばくばくと拍動する心臓は痛いくらいで、動きすぎて止まってしまうのではないかと心配になるくらいだった。背筋をいやな汗が伝う。

それでも『白銀の姫』としての意地で、精一杯の虚勢を張った。

「……なるほど、よくわかりました。噂に聞く通り、キニシスの民は野蛮なようね。隣国の姫を略奪したばかりか、脅して陵辱するとは、まるきり悪魔の所業《しょぎょう》だわ」

そんな精一杯の虚勢すら、レオンには効果がなかった。距離が詰まれば詰まるほど、余裕の笑みが深まる。

普通の状況、普通の貴婦人であればうっとりと見惚れるであろう美貌は、リリアーヌにとっては命を奪う簒奪《さんだつ》者にしか見えなかった。

この男によって、自分は乙女としての命を奪われようとしている――抗《あらが》いようのない未来に涙が浮かんだが、絶対に流すまいと唇を噛みしめた。

それを窘めるように、レオンの眉間に小さな皺《しわ》が寄る。伸びてきた手が顎に添えられ、引きつれていた唇を親指が撫でた。ふわりと大事なものに触れる手つきで、何度も往復する。

「……？」

あんな方法で国を滅ぼしたくせに、ずいぶんと遠回りな迫り方をするものだ。相手が怯える様すら楽しんでいるのだろうか。

予想外の行動に不意をつかれて思わず唇が緩んでしまった隙に、軽く内側をなぞられる。他人に粘膜の部分を撫でられる初めての感触に、寒気に似た感覚が背筋を撫でた。

「っ……」

ふるりとした震えがおさまったところで、レオンの唇が間近に迫る。口づけられるのかと息を止めたリリアーヌだったが、形の良い唇は触れるか触れないかという、ぎりぎりの位置で止まった。

撫でられ続け、妙な感覚に痺れていた唇は、吐息をかけられただけでも敏感に感じ取った。拒んでいるはずなのに、まるで焦らされている気分になる。

じっとしているのが辛くなり、リリアーヌは敵意に溢れた目を向ける。

至近距離で視線がぶつかると、レオンは挑発的な、しかしどこか哀愁《あいしゅう》を感じさせる声音で囁いた。

「お前が言う通り、私は野蛮で、傲慢な王だ。故にお行儀よく求愛するつもりなど端《はな》からない」

囁きの終わりが口づけで掠れる。

とっさに押し退けようとしたリリアーヌの手は絡めとられ、しっかりと握られてしまった。

「んっ、や……！」

反射的に顔を逸らして逃げる。

それを追いかけたレオンはいっそう勢いをつけて、柔らかな唇を貪った。

「ふ……っ……」

意地でも開くまいと思っていたのに「妹はどうしているかな」などと囁かれては、拒む以前に動揺で開いてしまう。

隙間に滑り込んできた舌先に歯列をなぞられ、怯えた体が小さく跳ねる。

緊張と恐怖で息が止まり、胸が苦しい。

このまま舌を噛みきってやろうかとも思ったが、エステラの身を考えるとどうしてもできなかった。

「お前は口づけで死ぬつもりか？　息くらいできるだろう」

一旦顔を離したレオンが、全身を強ばらせて固まっているリリアーヌの状態を喉奥で笑う。

馬鹿にされたと思ったリリアーヌは涙に濡れた瞳をつり上げ、すぐ近くにある漆黒の双眸を睨んだ。

仕方ないではないか。相手は国を滅ぼした仇だし、そもそもこんなに深い口づけなどしたことがないのだから。

「ええ、とても苦しい……悪魔に口づけられると魂を抜かれるというから、死にかけているのかもしれないわ」

思い切り毒を含ませて言い放ってやったのに、やはりレオンは楽しそうだ。

たかが口づけで肩を弾ませ、涙目になっている屈辱的な自分の状態が、よほど滑稽に映っているのだろう。いっそう惨めな気持ちになる。

この残酷な王を喜ばせてしまっていることが、本当に死んでしまいたいほど悔しかった。

思った通り、レオンはわざとらしいほどの嗜虐的な悦を含ませ、リリアーヌの耳元で囁いた。

「……ではその悪魔の精を注いで、美しい白銀の髪すらも漆黒に染めてみせよう。犯され泣き叫びながら、悪魔の花嫁となった己の悲運を嘆くといい。美しいお前の涙は、最高にそそるだろう……」

「っ」

冷ややかな言葉に浸食されるように、頭頂《とうちょう》から寒気が伝い下りる。がくがくと大きくなる震えのせいで、我慢していた涙が一粒こぼれ落ちた。

「私が憎いか、白銀の姫」

「……」

下手に機嫌を損ねれば、どんな酷いことをされるか知れない。

じっと黙《もく》していると、答えを催促するように鋭い目が細められた。顎に食い込んでくる指が、言えと命じている。

保身を図るのならば、憎くはないと言うべきだろう。

だがたとえ殺されたとしても、それだけは言いたくなかった。

「……憎いわ」

殴られるだろうかと身構えたリリアーヌは、次の瞬間笑みの形になった瞳に、ぽかんと口を開ける。

「それでいい、大いに憎め」

増悪を向けられて喜ぶなど、正気とは思えない。レオンの人離れした美しさも相まって、リリアーヌはなんともいえない不気味さを感じた。

引き気味になった細い顎を、無骨な指がするりと撫でる。

間近で注がれる視線は甘さすら含み、反して与えられる言葉は刃の鋭さでリリアーヌの心を切りつけた。

「憎しみは生きる原動力となる……故に私を憎むことを許そう。私の子を産む前に死なれては困るからな」

よくぞここまで傲慢になれたものだ。

怒りが沸点を越えすぎて、顔が引きつる。その頬を、嫌味なまでの優しさで包まれた。固定された後は、目を逸らすことを許さない強さで両側から圧をかけられる。

至近距離で覗き込まれ、検分される鶏肉にでもなった気分だった。

「は……はな、して……」

怯えで掠れた声を上げる。

すると圧迫されて盛り上がった頬の部分が、ぬるりと舐められた。

「ひっ!?」

「いい味だ……」

恐らくは、涙の跡を舐められたのだろう。鼻から入った唾液のにおいが、絶望感となって脳を浸食する。

「そのように震えるな。……もっと泣かせたくなるだろう」

「あ、悪魔に屈する心など、ない……」

「声も、肌も、こんなに私を恐れているのにか……?」

その通りだ。白銀の姫が聞いて呆れる。一度純白のドレスを剝かれてしまえば、あとに残っているのは非力で無力な小娘だけ。

皮肉も、悪意も、この男には微塵も通じない。との認識をさらに深めさせる、意地の悪い命令が耳から滑り込んでくる。

「よく聞け、白銀の姫。……私はお前を愛さない」

いくら略奪してきた姫とはいえ、これから乙女を散らそうという相手に向ける台詞ではない。

怒りのあまり、頭の中も、顔面も真っ白になる。普段はバラ色に光っている唇も、今は青くなっていた。

どこまでも人としての尊厳を傷つけようとするレオンが憎らしく、侮蔑のこもった目で見つめる。

だが続いた念押しに、リリアーヌは一瞬だけ不思議な感覚を覚えた。

「……愛さない。私はお前を、決して愛しはしない」

わざわざ三度も繰り返した否定の言葉は、回を増すごとに決意の強さを滲ませ、反して傲慢さは影をひそめる。

ほんの僅かに掠れた語尾に征服者の欲とは違うものを感じて、リリアーヌはじっとレオンの瞳の奥を探った。

なぜだろう。酷い言葉の裏側に、妙な切なさが潜んでいるように感じる。

だがそう感じたのは一瞬で、注視されているのに気づいたレオンの瞳は、推察を拒む強さで閉じられた。

なおも見つめ続けていたら、気配で感じ取ったのか、リリアーヌの探る視線を断ち切るように寝台脇へと手が伸ばされる。

そこにあった白バラ――リリアーヌが好きな花が握られ、ぐしゃりと潰される。

「故に私に逆らえば、お前も、お前の妹も……こうして潰してくれよう」

潰れた花が白銀の姫やアルクシアを表しているようで恐ろしくもあったが、一方では棘で傷ついたレオンの掌が気になっていた。

微かに流れたレオンの血が、言葉にはならない何かに思えてしまう。

(なぜ私は、このような時に……)

そうだ、この男が妙な目をするからだ。残酷な物言いをしながら、漆黒の瞳の底に哀しみ……に似たものを浮かべるから、戸惑ってしまう。

「これから犯されようという時に考えごととは、余裕だな」

戸惑いに揺れていると、レオンの舌が再び口内に進入してきた。逃げては捕まり。柔く吸い上げられ。味蕾《みらい》同士をこすり合わせるようにしてしごかれる。

「んふ……っ、ぁ……」

「口づけが甘いなどと馬鹿らしい表現だと思ったが……」

顔の向きを入れかえられる合間に、濡れた声が頬にかかる。

「お前の唇は、甘露よりも甘い……。どんな美酒にも勝る、勝利の味だ」

この男のくだらない征服欲を満たす道具にされているのかと想像するだけで腸《はらわた》が煮えくり返る。大きな抵抗はできなくとも、せめて一度くらいは痛い思いをさせてやりたい。

だが我慢できずに嚙みつこうとすると顔の向きを入れかえられ、そのつど失敗に終わる。

「リリアーヌ……」

「ん、ふ……」

指と指を絡め合う、恋しい人にするような繋ぎ方に動揺する。

そうしながら、レオンはリリアーヌの手の甲を骨に沿ってなぞった。

薄い皮膚の部分をあやすように撫でられ、ますます困惑が深まる。

「ふっ、はぁ……な、んで……」

「どうした……？」

酷くされたいわけではないが、かといって優しく抱かれるのは、征服者の余裕を見せつけられているようで胸が痛んだ。

揺れる紫の瞳を覗き込んだレオンは、察した顔で濡れた唇を笑ませる。

「ひどくされるのが好みだったか……？」

「そ、そういうわけでは……」

そもそも要望を聞かれること自体がおかしい。自身を野蛮と評したくせに、触れてくる手も、唇も、すべてが……。

「っ」

一瞬でも国を滅ぼした男を「優しい」と思いそうになるなど、愚かしいにもほどがある。

唾液にまみれた唇に、らしくない自嘲の笑みが浮かぶ。

いっそ死んでしまいたいと願っても、それを口にすることもできない。

「……お前の命は私のものだと言ったはずだ」

絶妙な頃合いで思考を断ち切られ、心を読む魔術でも使っているのかと問いたくなる。

疲れた顔を上げれば、どんなに睨んでも楽しそうにしていたレオンが途端に眉を顰めた。

少しでも不愉快にしてやれたのなら嬉しいが、どこが気に障ったのかわからない。

「死を望み続けるのならば、お前の意志を殺す」

「意志を、殺す……？」

不穏な物言いに再び恐怖心が顔を出す。

リリアーヌの復唱を待ち、暗い声が宣告した。

「そうだ。お前が生を絶つ前に、心を壊す毒をくれてやろう」

キニシス王家は古くから毒薬の生成に長けていたと聞く。レオンの話は脅しでなく、やろうと思えばいつでもできる、本当のことなのだろう。

ぞっとして震え上がったリリアーヌの心を、今度は艶を多分に含ませた声が、さらに追いつめる。

「今のお前の役目は『白銀の姫』としてあることではなく……」

握られていた手が離れて、強く抱き寄せられる。不意をつかれた体がシーツの上を滑ると、完全に横たえられた。

頭がぶつからないようにとの配慮だろうか。倒される際に頭頂部に添えられた手が、そっと首裏を撫でて離れていく。

「――日々私に犯され、私を楽しませることだ」

野蛮な言葉を実行するように、首筋を軽く噛まれる。柔い肌に僅かばかり犬歯が食い込み、びくりと背を反らした。

「あ……！」

直後、宥めるような舌先が赤くなった部分を舐める。同じ要領で、じっくりと首筋を味わわれた。

「ん、く……」

嫌悪のせいだろうか、首を舐められているだけだというのに肌が粟立つ。

耳朶のやや下をなぞられた瞬間、さらにぞわぞわとした感覚が広がり、首を竦める。くすぐったさに似た、けれど微妙に異なる感覚だった。

「んんっ」

「ここが感じるのか……」

「違っ……ぁ」

違うと言い切る前に同じ場所を舐《ねぶ》られ、肯定するに等しい甘い声が出てしまった。悔しいから黙っていたいのに、レオンの指を咥《くわ》えさせられたせいで顎が閉じられない。

舌先をくすぐる指先の動きは優しく、同時に口内をも愛撫されている気分になった。

「んっ、ふ……はぁ」

首筋の弱い部分を完全に把握された頃、満足そうに笑んだ唇が徐々に伝い下りる。

そして酸欠でぼんやりしていたリリアーヌが我に返る前に、湿った感触が胸の頂を覆った。

「ひぁ!?」

「ん……、お前はどこもかしこも……きれいな色をしているな……」

囁きの合間に唇で頂をしごかれる。じゅ、と音を立てて吸われ続けたそこが硬く立ち上がってしまうのに、そう時間はかからなかった。

「やっ、あっ、いやぁ……!」

尖った犬歯の部分で甘噛《あまが》みされたかと思えば、湿った粘膜の部分で擦られ、圧迫され――桜色だった頂が充血して赤くなるまで舐られた。その間、もう片方の乳房はやわやわと揉みしだかれる。

胸から広がった未知の感覚が背筋を震わせ、腰まわりにわだかまった。

「なるほど、少し強くされるほうが感じるのか……」

一際強く吸われた時、リリアーヌは背を反らして高い声を上げた。

「んあぁ……!」

「いい声だな……腰にくる。もっとその声を聞かせろ」

誰が言う通りになどするものか。息も絶え絶えにそう言おうとしたら、唐突に胸から唇が離れた。安堵したのも束の間、離れた唇が予想外の場所に伝い下りて、ぎょっとする。

信じられないことに、レオンはリリアーヌの下肢を大きく割り開き、その中心部に唇をつけようとしていた。

まだ誰にも見せたことのない、婚約者であるルチアーノですら一度も触れていない場所が、出会ったばかりの男の眼前に晒されている。

あまりの羞恥に逃げ出そうとすると、咎《とが》める強さで腰が摑まれた。

「いっ、いや！　そんなと……ひぁっ!?」

抗議の間もなく、湿った舌が触れる。尖らせたその先端は会陰の部分から花芯までを舐めあげ、花弁の隅々までをもじっくりとほぐした。

じゅ、じゅ、と啜られる音が静かな室内に響き、鼓膜をも犯されている気がしてくる。

強すぎる刺激に全身の毛穴が開いたようになって、一気に肌が汗ばんだ。

「やめっ……あっ、ああっ！　いやぁ……っ！」

「……ああ、お前の味がするな……。まだ誰にも汚されていない、瑞々しい蜜の味だ……。この花が、これから私によって淫《みだ》らな色に染まるのかと考えるだけで……たまらなくなる……」

その言葉こそ淫らに聞こえて、茹《ゆ》でられたように顔が熱くなる。

恥ずかしくて、恐ろしくてたまらない。

じんわり奥から何かが滲み出てくる感覚も嫌で、弱々しく首を振った。

「っ!?　あぁぁっ……！」

不意に舌先を蜜壷に差し入れられ、弓なりに背が反る。

自分ですら何かを入れたことはないのに、その未知の場所が熱い舌先で舐られている。

腰を捩《よじ》っても舌の動きは止まらず、むしろいっそう執拗に内側をなぞられた。

唾液と溢れた蜜が混じり合って、突き入れられる度に淫猥《いんわい》な水音が響く。

「やめて！　いやっ、いやぁっ」

叫びを聞いても、レオンはどこ吹く風だ。

むしろ舌先に込められた力が増し、リリアーヌは腰をびくつかせる。

「おねが……も、やめ……っ」

屈辱感と羞恥のあまり、うまく呼吸ができなくなりそうだ。そう頭で考える前に実際にはできなくなっていて、過呼吸を起こしかける。

すると、ひくりと痙攣して反り返る喉に、仕草だけは優しげな手が触れた。

内側を陵辱していた舌が抜かれた代わりに、冷酷な言葉が心を苛む。

「ここでお前が息を止めるのならば、妹が代わりになるしかあるまい」

「！　っ、この……外道！」

衝撃が走り、混乱をきたしていた脳内が一気に正気付く。

罵りの声は姫君らしからぬ無様に潰れたものだったが、もうどんなに醜かろうが構わなかった。

全身全霊でこの男を罵倒したい。

乱れた呼吸を意志の力で無理やり整えると、瞬きの少ない瞳が意地悪く細められた。

「やはりお前は変わっているな」

肩で息をしながら、どういう意味だと睨みつける。

「優しさに生かされるよりも、使命感に追い立てられることを望む。……いやむしろ、そうしていなければ落ち着かないのか」

「何を言って……」

その言い方では、まるで自分を宥《なだ》めるために酷い言葉を口にしたみたいではないか――疑問の答えが出る前に、またレオンの唇が下へと落ちて、背を反らせる。

「んんっ！……い、やぁ……もう、やめて……！」

「断る。私の子を孕む前に体が傷ついては、たまったものではないからな。……じっくりと開いてやるから、諦めろ」

諦めろと言われて「はい、わかりました」と切り替えられると思っているのか。

罵ろうとするが、口を開けば甘ったるいような声が出てしまう。

「ひんっ、あっ、ああっ、やっ、いやぁ……」

もう嫌だ、入ってこないでほしい。必死で祈って下腹部に力を込めても、緩んだ隙を見計らって奥に忍び込んでくる。

ぬらりと入ってきた肉が中で形を変え、ざわめく襞をなぞり、もっと蜜をよこせと催促してくる。

「また奥から溢れてきたぞ……。ひくひくと震えて、男を誘っている……」

「あっ、んんっ……、そんなわけ、ない……」

否定しているそばから、かきだされた蜜が会陰を伝い、柔らかな臀部にまで垂れる。自身の体が示す淫らな反応に、突っ伏して泣きたい気分になった。

「では実証してみせよう……」

不穏な提案の内容を問う前に、レオンの節くれ立った指が進入してくる。一本だけだったが男性経験のないリリアーヌにとってはかなりの違和感で、つい下腹部に力が入ってしまう。

「はっ、あ……！」

「力を抜け」

「んくっ、そんなこと、言われても……っ」

眉間に皺を寄せ、苦しげな息をするリリアーヌを見て、レオンがくすりと笑う。

また馬鹿にされたと思ったリリアーヌが睨みつけると、予想外の優しい響きが僅かばかり体の緊張を解かせた。

「お前は本当に……」

だがその言葉は終わりまで紡《つむ》がれることはなく、レオンの唇が再び花芯に触れる。

粘膜の部分で挟んでしごかれ、ぞくぞくとした痺れが腰から這い上ってきた。

「あぁぁっ！　あっ、んんっ！　あぅっ、やっ……だめっ、だめ！」

剝かれた花芯に意識が集中している隙に、中の指が蠢《うごめ》き始める。

最初は緩く内側を撫でるだけだった動きが、次第に出入りを繰り返すようになり、少しずつ慣らされていく。

慣れると違和感以外のものを体が覚えてしまい、もともと舌での愛撫で敏感になっていた膣壁は顕著に反応した。レオンの指に絡まり、もっとねだるように蜜を吐き出す。

「あっ!?　あぅっ！　な、なに？　そこ……はぁっ、あっ……いやぁ！」

内側のある一点を擦られた時、脳天にまで突き抜ける激しい痺れを感じた。

全身からどっと汗が噴き出して、爪先がきゅっと丸まる。

「ここか……」

「あうっ！」

初めての感覚が恐くてたまらない。痛みだったならまだ耐えられたのに、これは痛みとは違う何かだ。

反射的に逃げ出そうとした腰が元の位置にまでずり下ろされ、容赦なく感じる一点を攻められる。

「あっ！　あんっ、やぁ、やだぁ！　しんで、しまうっ……しんで……んあぁっ！」

腹の奥から広がった痺れに全身が浸食される。

痙攣するそこを押し上げられる度に、ぐちゅり、ぐちゅん、と大げさな音が響いた。

「もっと乱れろ……」

どこか急いたような衣擦れの音がする……。涙で滲んだ視界の中、ぼんやりと瞬く。

するといつの間にか裸になっていたレオンと目が合い、ふわりと微笑まれた気がした。

「気持ちがいいか、リリアーヌ」

「そ……んなわけないでしょう、私の体は……んあっ！」

ルチアーノのものなのだから——との答えは、再開された愛撫に遮られて言えなかった。

思考も感覚も乱れに乱れて、リリアーヌの目端からはまた新たな涙がこぼれる。

そうして舐られる花芯と擦られる蜜壺、どちらを気にすればいいのかわからなくなってきた頃、指が二本に増やされた。

「ふっ、くっ……」

強くなった圧迫感に眉根を寄せる。だが散々にいじられた内部は痺れきっていて、痛みを覚えてはくれなかった。

心を裏切る体が、レオンの指をずるずると飲み込んでいく。

「あっ、あっ……だめ、いれな、で……っ」

「なぜだ？　ああ……お前のここがいやらしく蜜を溢れさせていると、知られたくないからか……？」

揶揄《からか》う調子で内側を撫でられ、屈辱感で頬が染まる。

二本の指がゆっくり膣襞を広げるように動くと、否定できないほどの蜜がとろりと流れた。

情けなくて、恥ずかしくて、しゃくりあげながら両手で顔を覆う。

「っ、ひっく……も、いや……これ以上、わたくしをはずかしめないで……」

痺れが脳髄《のうずい》をも蕩《とろ》けさせたせいか、舌すらうまく動かせない。

そんな状態も悲しくて泣き続けていたら、汗ばんだ額に柔らかな口づけが落とされた。

「残念ながら、私はお前を汚し続けるし、私に日々陵辱《りょうじょく》されるお前は、これから辱めを辱めと思わないほど淫らな女になるだろう」

また酷いことを言われている。言葉で貶《おとし》められている。……なのに、やはり触れてくる唇も手も優しくて、いっそ殴られたほうがましだったと思う。

真逆の要素を与えられるから頭が混乱して、いやに胸苦しくなるのだ。

掌で顔を覆ったまま駄々っ子のように首を振っていたら、そっと頭を撫でられた。

その穏やかさに気が抜けて、息を吐いた瞬間――

「ひぃっ!?　あっ、あぁぁっ……！」

下肢の間にめりめりと何かが食い込んできて、リリアーヌは大きく目を見開き、悲鳴を上げた。

痛みよりも精神的な衝撃が強く、とりあえず逃げなければと混乱状態で上半身を起こしかける。しかし上からしっかりと押さえられ、さらに奥まで押し込まれてしまった。

ずんと行き止まりの部分が突かれ、潰れた声を漏らす。

「うぐっ、あっ、あぁ……」

臓器を内側から押し退けられるような凄まじい圧迫感だった。

動揺でぶれる目に、レオンの苦しそうな顔が映る。下唇を噛み、整った眉を寄せる様は、何かを堪えているふうでもあった。

「な、にをしたの……痛いわ……抜いて……」

本当はわかっていながら聞いたのは、喪失が予想以上に悲しかったからだ。

衝撃が過ぎ去った後に、ずきずき、じわじわと痛みが押し寄せてきて自覚する。レオンに、乙女の証を奪われてしまったのだと。

「わかるだろう……その痛みは、お前が私の妃になった証だ……」

深く抱き寄せられ、絶望感が胸に重くのしかかる。

そのまま打ちひしがれていたいのに、ゆるゆると揺さぶられて嘆く余裕すらなくなった。

「いっ、あっ！　はっ、はあ、はあ、い、たっ……」

「安心しろ、その内……っ、痛みはなくなり……これなしではいられないようになる……」

こんなに苦しくて痛い行為のどこがいいというのか。レオンの腰が動く度に狭い中が無理やりに形を変えられ、ぎしぎしと軋む音が聞こえてきそうだ。十分に濡れているとはいえ、剛直に広げられた膣壁は初めての痛みに痙攣していた。

「そんなのっ、くっ、う……ならな、い……！」

そのままの感想を口にすれば、傲慢を乗せた唇がいやらしく笑んだ。

「いいや、なる……そうさせてみせる」

リリアーヌの耳元で囁くレオンは、腰をぴったりと密着させたまま、結合部を擦り合わせるような動きを続ける。そうされると膨れた花芽がレオンの恥骨の部分で圧迫され、しごかれる形になった。

緊張で鋭敏になっていた聴覚が拾ったのは、ちゅくちゅくと濡れた花芯がこねられる音。充血して張りつめた粘膜を刺激される、得も言われぬ感覚に腰を浮かせる。

「んっ、あ……」

最初はちりちりとした小さな疼きだったものが、徐々に大きくなる。しかも太さに慣れたのか、麻痺したのか、いつの間にか入り口のほうの痛みまで遠のいてしまっていて焦る。

「ふ、ぅ……は……くっ」

気を抜けば甲高い声が漏れてしまいそうで唇を噛みしめたが、少し強引に入ってきたレオンの指先に口を開かされ、堪えていた分だけ大きな声が出てしまう。

「あっ！　あぁっ……！」

しまったと悔しく思った時には遅く、眼前にあった瞳が嬉しそうに細められた。

「だいぶほぐれてきたな……」

言外に「いやらしい」と嘲《あざけ》られた気がして、悔しさのあまり自決したくなる。

何か反論してやろうと思ったのに、具合を確かめるように緩く腰を回され、短い嬌声《きょうせい》が上がってしまった。先ほどまでとは違う角度、速さで花芯がこねられて、ぞわりと得たいの知れない感覚が背筋を駆け上る。

「ひっ、あっ！　も、やめ……っ、やめ、てぇ……！　あっ、あんっ！　い、いやっ、いやぁ！」

心を裏切る体が恨めしく、恐ろしい。首を打ち振って抗えど、腰まわりにわだかまる熱はどんどん膨れ上がってリリアーヌを苛んだ。

隙間なく剛直に絡む膣壁はまた大量の蜜にまみれ、動きに合わせてぬちゃぬちゃと耳を塞ぎたくなる音を響かせる。

「っ、たまらないな……もっと啼《な》け、白銀の姫。お前が啼けば啼くほど、手に入れられたのだと思える……」

涙の膜の向こうで、色香を感じさせる唇が歪む。興奮しきっているのか、こちらの視線に気づいていない様子で熱い吐息を幾度も漏らしている。情欲で多分に濡れた舌が下唇を舐める様は、ひどく淫猥に見えた。

感極まった声が満足げに語る。

「はっ、はあ……幾度こうしてお前を抱きたいと思ったことか……。ああ、だが……想像よりも、お前の体は……心地が良い……。熱く濡れて、私のものに絡みついてくる……」

「ひっ、あっ、んあぁっ！　だ……だめっ、ふあっ、あっ……！」

「リリアーヌ……」

耳元で囁かれ続けていたが、意識が朦朧《もうろう》とし始めたリリアーヌには、もはや薄ぼんやりとしかわからなくなっていた。痛みと快楽、相反する感覚の中で揺さぶられ、頭が考えることを放棄している。

ただ熱くて、苦しくて、わけのわからないところに追いつめられていく。

リリアーヌは激しく胸を喘《あえ》がせ、快楽から逃れるために腰を捩った。

「くっ、は……まて、そんな動きを、すると……っ！」

外の動きにつられ、中が狭まる。より強く圧迫された熱杭は、びくりと怯えるように痙攣した。

「！　いやっ！」

女としての本能的な部分で、それが示すところを察する。一瞬正気付いたリリアーヌが手を突っぱねると、その手がとられ、指と指を絡めるようにして寝台に縫い付けられた。さらには暴力的なまでの強さで上から圧をかけられ、繋がりを深くされる。

ひくつく蜜壺の奥の奥までこじ開ける獣じみた動きは、明確な目的を感じさせた。

「っ……私の子を孕め、リリアーヌ」

「ひぃっ、あっ、あぁ……！　いやぁーー！」

ぐ、と凶暴的なまでに膨れ上がった剛直が行き止まりの部分を穿つ。

あまりの質量に息を詰まらせた瞬間、奥に押しつけられていた先端から勢いよく熱が溢れ、しとどにリリアーヌの内側を濡らした。

「あ……ああ……」

「っ、はあ、はあ……、くくっ、お前のために溜めておいた子種だ。存分に味わえ……」

思い知らせる動きで、未だ硬度を保っているものが蜜壺をかきまぜる。

ぐちゃりと粘度を伴う音が耳に届き、リリアーヌは全身を小刻みに震わせた。絶望のあまり言葉も発せず、ただ静かに涙を流す。悲しみはとっくに通りこして、ひたすら呆然としていた。

深く考えることを拒否した頭で、ぼんやり思う。

(ああ、そうか……あの夢は、この男のことを示唆していたのだわ……)

黒い悪魔に、暗闇の中で犯される悪夢。現実にまで漏れ出た狂気が、この身を追ってきたのだ。

そんなふうに夢と現《うつつ》に揉まれたせいか、全身が重だるく、体の境界もわからなくなってきた。

「まだ薬が残っているのか……。まあいい、明日また犯せばいいだけのこと」

悪魔の声が遠くに聞こえる。これこそが夢であればいいのにと願いながら、リリアーヌはゆっくりと目を閉じた。

「……今は深く眠れ、私の妃よ」

そっと涙の跡に触れた唇は熱く、呪いの刻印を思わせた……。

「……、んん……」

軽やかな小鳥のさえずりに鼓膜をくすぐられ、身が沈むほどの寝台の上でみじろぐ。陽の光も風も優しくて、リリアーヌは庭園でのうたた寝を思い出していた。

ずいぶんと長い夢を見ていた気がする。覚めても覚めても悪夢の中から抜け出せず、しかも妙に現実感があった。

(よかった、今度こそ目覚められ……る……?)

不意に引き攣《つ》れたような痛みを下肢の間に感じ、緩やかに覚醒し始めていた頭が一旦機能を停止する。

目を開けたくない。ここがどこだか知りたくない。本気でそう思ったが、芋づる式に引き上がってきた記憶の数々が逃避的な思考を許してくれなかった。

連れ去られる際に聞いた、エステラの叫びが耳の奥に蘇る。

「エステラ……!」

勢いよく上半身を起こせば、体にかかっていた毛布が白い大理石の床に落ちた。

反射する光の眩しさに目を細め、警戒しつつ室内を見渡す。あの男がいるかもしれないと考えると首の筋肉が固まってしまい、眼球だけしか動かせなかった。

（いない……）

ほっとして盛大な息を吐く。

見えるのは、金の支柱が美しい寝台、中央に敷かれた毛足の長い絨毯、白亜《はくあ》の鏡台、そして富を主張する大きな金時計などの家具だけだ。

質素倹約を好むアルクシアよりも一つひとつの価値は高そうだが、似たものならば自分の部屋にも……

「……？」

と目で確認し終わったリリアーヌは、既視感を覚えてゆっくりと首を傾げた。その理由を考えた後で、気持ちの悪さに眉根を寄せる。

ここは、アルクシア城の自室に似ているのだ。偶然だろうが、故国を滅ぼした男の部屋と同じ構成をしていたと思うと、ぞっとしてしまう。趣味が合うだなんて最悪だ。

奇妙な偶然は、ほぐれかけた体の筋肉を再び強ばらせる。緊張で震える足を床につけたリリアーヌは、まずはエステラを探さなければと周囲を探った。

（何か身につけられるものは……）

気を失っている間に着させられたのか、一応薄い夜着は身につけていた。だが野蛮人のレオンが闊歩《かっぽ》しているかもしれない城内で、夜着一枚でいるのはさすがに危険だ。エステラを発見する前に襲われる可能性がある。

シーツでも被っていくか。いやでも、それでは余計に目立つ……。

そんなふうに頭を悩ませていたら、不意に扉が叩かれる音がして肩を跳ね上げた。いきなり全力疾走をした時と同じくらい、心臓が早鐘を打つ。

もしやレオンが戻ってきたのか──身構えたリリアーヌは、間を置いてかけられた声に拍子抜けした。

「おはようございます。王妃様、朝のご支度《したく》を持って参りました。入ってもよろしいでしょうか」

柔らかい印象の女性の声だった。恐らく中で物音がしたのを聞いて、リリアーヌの目覚めを察したのだろう。

言われた内容から、侍女として働く者なのかもしれないと推測する。

「え……ええ……」

王妃様との呼ばれ方を心が拒絶したが、いつまでも黙っているわけにはいかないのでぎこちなく返事をする。

その返事を受け、濃紺のドレスを着た女性が一人入ってきた。リリアーヌから少し離れたところで腰を折り、丁寧な挨拶の姿勢をとる。頭が下がると後ろできつく結ばれている赤毛が前に流れて、彼女の白い頬を撫でた。窺う調子で上げられた瞳は赤みがかった茶色。髪も瞳も鮮やかな色なのに苛烈な印象にならないのは、清廉《せいれん》な雰囲気と出で立ちのせいだろう。容貌も華やかというよりは可憐な感じだ。

「……貴女は？」

じっくり観察してしまっていたのに気づいたリリアーヌは、少しの気まずさで目を逸らす。敵国の人間とはいえ、彼女が故郷を滅ぼしたわけではないのだから、不躾な対応をしていい理由にはならない。

敵国という一括りで、そこに住む人間全員を罵る者がいるが、リリアーヌはそうはなりたくないと思っていた。

それに、ただでさえ窮地《きゅうち》に陥っているところで、わざわざ敵意がなさそうな者にまで当たり散らしては、余計に状況を悪化させる恐れもある。

考えた末に、侍女らしき者の反応を待つ。

すると彼女は少しも気分を害した素振りはなく、にっこりと微笑んで答えた。

「ダナと申します。本日より王妃様の身の回りのお世話をさせていただきます。よろしくお願いいたします」

「……リリアーヌといいます」

そう答えるだけで精一杯だった。王妃様との呼称が重くのしかかってきて、床に沈みそうになる。

だが失意にのまれてばかりもいられないと、リリアーヌは気を取り直してダナへと向き直った。

「私の妹、エステラはどこにいるの」

「それにつきましては、中庭にて陛下がお話しになられるそうです」

「……そう」

答えを引き延ばされているようで焦りが募る。しかしここで抵抗したら、本当に会わせてもらえなくなるかもしれない。

リリアーヌは深い溜息をつきながら、朝の支度を手伝うと言うダナの好きなようにさせた。王族には珍しくリリアーヌはあれこれと世話をされるのが好きではないのだが、ここは敵地で、厳しい人の目がある。アルクシアの王族は庶民かぶれしているなどと囁かれては面白くない。

そうして頑張って堪えていたのだけれど、きついコルセットで腰をしめられた瞬間は、心労のせいか吐いてしまいそうになった。

ああ、今日ばかりはいつも以上にコルセットが憎い。拷問器具に思える。過去に遡《さかのぼ》って、これを発明した者に会えるとしたら絶対に文句を言って……

「大丈夫ですか、王妃様。お顔の色がよろしくないようですが……」

「いいえ、大丈夫よ。気にしないで」

くだらないことを考えて気を散らしていたリリアーヌは、頬を引きつらせながらも笑みを作った。

まだ部屋から出てもいない段階で泣き言を言うようでは、あの黒い悪魔には対抗できないだろう。

本当はがくがくしている脚を心の中で鞭打ち、毅然と胸を張る。

そうしてダナの案内のもと、リリアーヌは悪魔、もとい仇敵レオンが待つという中庭へと向かった。


（これは……）

皇帝レオンが誇る中庭とやらに着いて早々、気味の悪さが増幅されて足を止める。行き着くまでの迷路がないだけで、そこはアルクシア城の庭園と酷似していたのだ。恐らく人工的に造られたのであろう小さな滝が、白亜の東屋の向こう側で音を響かせている。

奇妙な一致に眉を顰めていたリリアーヌは、その滝を見上げるようにして佇んでいる人物を見つけた。

漆黒の髪が清涼な空気と陽光を含み、ふわりと舞い上がる。

こうして明るい場所で眺めると、彼の存在は思っていたよりも禍々しくは感じなかった。むしろ光を拡散させる滝の飛沫《ひまつ》に覆われているせいか、静かに立ち尽くしている背中には神聖な印象すら抱いてしまう。

そんな自分にはっとして、引き結んだ唇に力を入れる。

どう見えようが、彼は故郷を滅ぼした男。決して心を許してはならない。

怒りの感情を再確認し、思い切って歩を進める。

「遅い目覚めだな」

堂々と振り向いた彼は予想通りの——予想通りすぎて僅かに疑問を覚えるくらいの——挑発的で冷ややかな笑みを浮かべていた。美しすぎるゆえか、彼がそうした笑い方をすると、より人離れした印象が強くなる。この世には神も魔法も奇跡も存在しないと知っているのに、彼ならば魔力を持っていても不思議ではないと思ってしまうほどだ。立っている場所のせいもあって、人間の熱を感じない。

「……申し訳ございません。大事なものが欠けてしまったせいか、体の調子がとても悪くて」

あえて丁寧な言い方をしたのは、体が奪われても心はアルクシアにあるとわからせるためだ。女として対峙するつもりはなく、国同士で向かい合っているのだと突きつけたかった。

意図を察したのか、レオンが軽く鼻を鳴らす。

「ふ、欠けたとは異《い》なことを。確かに乙女としての証はもらったが、さらに価値あるものを得ただろう」

「それはどんなものでございましょう」

顎で来いと命じられ、ひっそりと唾を飲み込む。

武器どころか交渉材料すら持っていないが、気持ちの上では剣を向け合う覚悟で歩み寄った。

「この世で最も優れた男の子種だ。どんな金銀財宝を払っても、容易に得られるものではないぞ？」

朝には似つかわしくない、下品な物言いに頬を引きつらせる。

どうしてこの男は、こうも上からでしか発言できないのか。

心底辟易した顔をしたら、手が届く範囲に立った瞬間に腰を引き寄せられた。

「っ、なにを……！」

「その顔のほうがいい」

急に声が潜められたから、思わず注意深く聞いてしまう。水音に混じった艶のある声は、体の奥深くにまで浸透してくるようだった。

「すました白銀の姫よりも、怒りに燃える瞳のほうがお前らしい」

「……貴方が思うよりも、心穏やかに暮らしていたつもりですが」

「ならば、それこそが間違いだったのだ。お前の内側に潜んでいるのは、私よりもよほど苛烈な獣だぞ」

こんな最悪の男よりも苛烈な気性を秘めているつもりはない。

細めた目に不快さを滲ませると、レオンはくつくつと喉奥で笑った。

「まあ遠からず、お前も知ることになるだろう。私がそうさせるからな」

「……貴方の望むようにはならないかと」

「なるさ。私が望んで、実現しなかったものなどない。アルクシアの庭園ですら、もはやこの手の中だ」

レオンの周囲に流れた視線で察する。その言葉が本物ではなく、この場所を指しているのだと。

大事な場所すら侵食され、塗り変えられてしまった……そんな気がして、ずきりと胸が痛む。

浮かびそうになる涙を堪え、呆れたふうを装って問うた。

「わざわざ造ったのですか」

「ああ。幼い頃にアルクシア城の滝を見て、気に入ってな。あれを模して造ってみたのだ。お前もこの場所があれば、故郷を思い出せるだろう」

「それは……」

一瞬、なんと答えたら良いのかわからなくなった。

それではまるで、自分を慰《なぐさ》めるために造ったみたいではないか。

喉元まで出かかっていた疑問を飲み下し、冷静になれと心の中で唱える。

規模から考えて、この庭園が造られたのは大分前のはずだし、そもそもたかが子を作る道具のために大金を使うとは思えない。これは単なる言葉遊びだ。

戸惑いで揺れた心を立て直し、きつく睨みつける。

返された視線には、やはり征服者の余裕を感じた。

「この滝のように、アルクシアの宝はすべて手に入れよう」

唇が近づいてきて、掠めるだけの口づけをされる。状況だけ見れば想い合う恋人のようだ。

(子を宿らせるためだけの女に、なぜこんな真似をするの……)

行為は甘さすら含んでいるのに、投げつけられる言葉は茨のよう。実際との差で、余計に寒々しく感じる。

「……もう既にすべてを手にしていらっしゃるのでは？」

「いや、あと一つ手に入れていないものがある。……白銀の姫、お前の心だ」

熱さえこもって聞こえる囁きに、リリアーヌは冷ややかな声音で応えた。

「貴方は心をくださらないのに、私にはそれを求めるのですか」

「なんだ、私の心がほしいのか？」

「ええ。貴方の大切なものが奪えるのなら、土地でも心でも……命でも、奪ってみたいですわ」

リリアーヌの瞳には不穏な光が過ぎったが、レオンは引くどころか、美しいものを眺めるように感嘆の吐息を漏らした。次に口端をつり上げ、宣言する強さで言い放つ。

「残念だったな。私の大切なものは既に奪われ、この胸の中にはない」

（既に心寄せる女性がいるという意味かしら……）

なるほど『白銀の姫』の子がほしいだけならば、確かに彼にとっては器にしかなりえないのだろう。怒りを感じるよりも納得して、リリアーヌの瞳はいっそう冷え冷えと凍り付いた。

「そうですか。ですが弱い私は貴方と違って、大切なものを失ったままにはしていられないのです。あの子を……妹を返してください」

リリアーヌからしてみれば、これこそが本題だ。

だがレオンは無粋な話題を挟まれたとでも言わんばかりに溜息をついた。

「お前はそればかりだな。少しは自分の身を案じたらどうだ」

乙女を奪った男が何を言う、と返してやりたい。

けれど言い争えば、また答えを先延ばしにされる恐れがある。

悪態《あくたい》を飲み込んで目を伏せれば、レオンは面白くなさそうに鼻を鳴らした。

体を離された時、肩から力が抜けて自覚する。情けないことに、相当この男に恐れをなしていたらしい。

「……つれてこい」

大きな声ではなかったが、不思議と彼の声はよく響く。庭園の入り口にまで飛んでいった命令は、そこで待機していたダナに届いた。

ダナは短く了承の言葉を返すと、生け垣の向こうに姿を消した。

しばらくすると、今度はぱたぱたと勢いのある足音が近づいてきて……

「お姉さま！」

「！　エステラ！」

嬉しさのあまり、つい姫君らしからぬ大声を出してしまった。

エステラももはや体面を気にしている余裕はないようで、ドレスの裾を摘むことも忘れて疾走してきた。

勢いよく走り込んできた細い体を受け止め、転びそうになりながらも抱きしめる。

リリアーヌと同じく与えられたのか、豪奢な水色のドレスを着ていた。

「無事で良かった……。どこにも怪我はない？」

「はい！」

リリアーヌのほうは完全に無事とはいえなかったが、とりあえず命ある状態での再会に歓喜する。

何も言わずに去っていくレオンの背を視界の端に捉えながら、何度もエステラの頭を撫でた。

「お姉さま……エステラは、エステラは……っ」

喜びの感情を湛《たた》えていたエステラの瞳が、一息吸うごとに悲しみに染まっていく。徐々に滲み出てきた涙が粒になり、ぽろぽろとこぼれた。

（ああ、そうか……）

聡《さと》いエステラは、気づいているのだ。自分の生存と引き替えに姉が屈辱に耐えたと知っていて、苦しんでいるのだろう。

予想通り、嗚咽《おえつ》混じりに出てきた言葉は、強い自責の念に駆られてのものだった。

「こんなことならば、あの時に自害していれば良かった……。私が……私がいなければ……！」

エステラがすべてを言い終わる前に、涙で濡れた頬を両手で挟む。

不意を突かれて驚く彼女の瞳を覗き込み、心からの謝罪を口にした。

「自責の念を背負わせてしまって、ごめんなさい。私が逆の立場でも、生きていることを申し訳なく思ったでしょう。それでも……私は希望である貴女に生きていてほしいと思うの。勝手に希望にするなと、この姉を罵ってくれても構わないわ」

「お姉さま……」

衝撃を表す紫の双眸が限界まで開かれる。

苦笑して目元を撫でると、それがくしゃりと歪んで、また新たな涙で濡れた。

ぶんぶんと頭を振る動きで、エステラのクセの強い銀髪が揺れる。

「っ、いいえ！　いいえ、罵るなど！　私は生涯、お姉さまを愛しております！　お姉さまが死ねと言えばいつでも死ねます！　生きろと言うのならば、どんな恥辱《ちじょく》の中でも生きてみせます！」

「ではお願いするわ。生きて、エステラ。そして……」

言葉を切ったのは、この状況にふさわしいかとの迷いがあったからだ。

少し考え、やはり言うべきだと思い切る。

「そして、幸せになってほしい。どんな状況でも、私が貴女を守るわ」

「……そのお願いは、いやです」

「え？」

「お姉さまも、幸せになってください。幸せになる時は、二人一緒です」

レオンに奪われた体に幸せになれる可能性が残っているとは思えなかったが、エステラの純粋な願いが嬉しかったから、微笑むだけにとどめた。

どうか、彼女だけでもまともな男に嫁《とつ》ぎ、幸せになってほしい。

エステラの体を強く抱きしめ、リリアーヌは初めて、いるかどうかもわからない神に祈った。

4.

一歩、二歩、明暗を辿る足の裏が重い。自室として与えられた部屋に続く長い廊下の端で歩みを止め、大理石の床に落ちた夕の陽光をぼんやりと見下ろす。窓枠の形に切り取られた光は、奥にいくに従って明暗の差を濃くし、平面にいながら階段をのぼっている気分にさせた。

上りきったところは天国ではなく、地獄に墜《お》ちるための飛び込み台。

「……もういるのかしら」

キニシスの城につれてこられてから三日、あの宣告通り毎晩陵辱されるのかと怯えていたが、レオンは多忙を理由に会いにこなかった。

そんなレオンの行動に不気味さを感じる一方、このまま『白銀の姫』に飽きてくれれば良いのにと切に願った。

だが現実は、そんなに甘くない。束の間の安息をエステラと共に喜んでいたところ、ダナが告げたのだ。――今夜、レオン様がお部屋にいらっしゃいます、と。

穏やかなお茶会の空気は音を立てて凍り付き、エステラ共々、動揺のあまり紅茶をこぼした。

(戻りたくない……)

一緒について行くと言って泣き続けるエステラをなんとか宥めて出てきたはいいものの、自室に近づくにつれ足が竦む。

やっと痛みがなくなった下肢の間に幻の痛みを覚え、ぎゅっとドレスのフレアを握りしめた。目を閉じたリリアーヌの頬を、慰めるようにして風が撫でていく。

僅かに潤んだ瞳を向けると、夕陽に染まったバルコニーが舞台のごとく照り光っていた。また流れてきた風に導かれ、ふらりと足を踏み出す。

眼下は鮮やかな城下街に彩られており、端が霞むほどに家々や商店が続いている。そのどこまでも広がっていくかに見える壮大な風景は、素直に美しいと思えた。

「……本当に、灰の国とは思えない」

古の大噴火――黒い悪魔により、当時のキニシスは大量の黒い灰で覆われた。死の国と呼ばれるほど荒廃し、数百年の間は流刑地として使われていたらしい。

そこに海向こうからやってきた多様な移民が住み着き、一つの国家となった。それがキニシスという国。

そうした成り立ちゆえか、キニシスの民はあまり伝統や歴史を重んじない。同じ大陸のアルクシア、ネブライアが信じている伝説も、まるきりおとぎ話の扱いだ。

彼らが信じているのは、今という目の前にある現実のみ。だからこそ貪欲に先を目指し、貿易や侵略でここまで豊かになることができたのだろう。

かつて不毛の国と罵られた国は、今や大陸一の富裕国だった。

（アルクシアが負けるわけだわ……）

悔しいが、眼下の光景を前にしたら「仕方ない」と思ってしまった。自然の要塞に守られているからと平和呆《ぼ》けしていたアルクシアと違い、この国は雄々しく、強者の美しさを持っている。そしてその美しさに満足しない荒々しさ……野心とでもいうべき精神が、すべての民に根付いている気がした。国が違えば当然かもしれないが、城を守る衛兵や侍女の顔つきがまるで違う。

「ルチアーノ……ネブライアも危ないかもしれないわ」

唯一取り上げられなかった首飾りを指先でなぞり、紅玉を掌に載せる。

これを通して声が送れれば良いのにと、祈るように握り込んだ時だった。

「よお、ちっとはここに慣れたか？」

「!?」

祈りを遮る声がかけられ、はっとして振り向く。すぐに真紅の鎧《よろい》が目に飛び込んできて、一瞬濃い夕陽の色が錯覚を起こさせたのかと思った。

短く刈られた髪も、意志が強そうな瞳も、鎧に負けない苛烈な炎色。それなのに威圧感を抱かないのは、彼がまとうおおらかな雰囲気のせいだろうか。最初の印象通り、彼が歩くと大きな態を彷彿《ほうふつ》とさせる。ただしその態は人を襲わない、童話に出てくるような優しい態だ。

鎧が跳ね返す光の強さに目を細めながら、リリアーヌは確認をかねて名を呼んだ。

「カルロス様……」

未だアルクシアの姫のつもりでいるリリアーヌにとって、彼は他国の、しかも皇帝直属の高位の騎士だ。敵だからと呼び捨てにはできない。

との理由があったのだが、呼ばれた当人は酷く渋いものでも食べたような顔をした。

「姫さんに様付けで呼ばれるほど、いい育ちはしてねぇよ」

男らしい眉の片方を上げ、皮肉っぽい笑い方をする。けれど嫌味な感じはなく、同じ皮肉げな笑みでも人が違えばこうも印象が変わるのかと感心した。レオンと違い、カルロスはいい意味で人間くさい。

（この人も敵であることに変わりはないけれど……）

警戒して向き直ると、カルロスは軽く笑って肩を竦めた。馬鹿にしているというより、困ったな、とでも言いたげな表情だった。

予想通り、リリアーヌから数歩離れたところで立ち止まった彼は、後頭部をぼりぼりと掻きながら聞いてきた。

「えーっと、近づいても大丈夫か？」

「……ええ」

「はは、ありがとよ」

言葉通り感謝しているのだろうと思わせる彼の笑顔に毒気を抜かれる。高位の者らしくない話し方も、警戒心を弱くさせる要因の一つだった。

彼の言葉遣いは対王族としては不適切だし、人によっては「なれなれしい」と不快にすら感じるであろう接し方だが、リリアーヌは嫌いではなかった。なんとなく、親しい者と話している気分になる。

そんな心境になってしまっている自分に気がつき、苦く笑う。敵相手に情けないと、亡き父の声が聞こえてくるようだ。

「そうそう、そうやって肩の力抜いてろよ。緊張してばっかだと判断力が鈍って、本質が見えなくなる」

何かを示唆しているのだろうか。

リリアーヌの問う眼差しを、カルロスは飄々《ひょうひょう》とした口調でかわす。

「っていうのが、戦場で何度も死にかけた俺の持論。国を移れば戦い方も、気にするべきところも違ってくるだろ。ここのやつらは気はいいんだが、姫さんの国と違って下品だからな。いちいち気にして参ってたらキリがねぇ」

自国を下品と称する豪快さに度肝を抜かれる。

皇帝直属の部下が、そんなことを言っても良いのだろうか。下手をすれば処罰される恐れもある。

リリアーヌは他人事ながらもうろたえてしまい、つい人影の有無を確認してしまった。対してそれを見たカルロスは、大口を開けて笑い飛ばした。

「ははっ、俺の口の悪さは皇帝陛下のお墨付きでね。むしろ名物みたいなもんよ」

「は、はあ……」

本当に許されるのだろうか。儀礼を重んじるアルクシアとはあまりにも違いすぎて、平気だと言われても戸惑ってしまう。

「カルロスさ……」

言いかけた口の前に人差し指がかざされ、一旦声を飲み込む。

「カルロス……は、昔からレオン様と仲が良かったのですか」

レオンに敬称をつけるのは、名前だけで呼べという命令に対する反抗で、線引きだ。決して敬っているわけではない。

声から感じ取ったのか、カルロスが苦笑して太い眉の端を下げる。

「どうせならあいつも呼び捨てで呼んでやれよ。きっと腹踊りしながら喜ぶぜ」

レオンが腹踊りをしながら喜ぶ図――を想像した瞬間、あまりのありえなさに盛大に吹き出してしまった。おかしすぎて腹筋が捩れそうだ。

「ふっ！　あははっ、ははっ、あ、ありえないわ！」

「いやー、姫さんがお願いしたら絶対やると思うぜ、あいつ」

わざとらしいくらいに確信めいた言い方をするものだから、余計におかしくなってしまう。

ここにきて初めて笑ったリリアーヌを、カルロスは微笑ましいような眼差しで見つめていた。

「そういや、さっきの質問の答えだけどな、俺は昔からここに仕えてたわけじゃねぇんだよ」

「そうなのですか……？」

「ああ、元は根なし草の傭兵だったんだ。国から国へと渡り歩いて、いろんなところで戦ってた」

カルロスの経歴を聞いた時、妙に納得してしまった。彼から感じる自由な風は、そうした半生からくるものなのだろう。

不思議なのは、その自由を好んでいそうな彼が、なぜキニシスに根を張ったのかだ。

「そんな貴方が、なぜキニシス皇帝の騎士に？」

「理由は簡単。あいつに乞われたからだ」

「たったそれだけで……？」

「それだけっつっても、結構大変だったんだぜ。そもそもあいつと出会ったのが戦場で、しかも敵同士だったからな」

「キニシスと戦ったのですか!?」

「そう。あいつが併合したちっこい島国の依頼でな。それで命を取るか取られるかっつーいい勝負をしてたんだが、結局は数で押されて負けちまった。あいつが声をかけてきたのは、その直後だったな……」

懐かしい記憶を思い出す目で、少し微笑みながら語る。

カルロス曰く、その後雇い主だった国が滅ぶと、レオンは剣を交じえたことを忘れたかのように接触してきたらしい。

しかも、どこにも根付く気はないと断ったところ、今度はカルロスの部下たちを口説き始めたのだという。そうして仕舞には、レオンに絆《ほだ》された部下たちにまで説得され、渋々対面することになった。

その日に向けられた言葉が忘れられないのだと、カルロスは笑う。

「『お前の力、魂に惚れた。故に私はお前がほしい。私の騎士となれ』……なんて直球勝負のくっさい台詞で口説いてきたんだぜ。あんな馬鹿みてぇな台詞が言える王は、あいつくらいなもんだ。ああ、これは褒《ほ》め言葉な」

言われなくても、カルロスがその時感じたのが嫌悪感ではないのは伝わってきた。むしろ王の見栄を感じさせないまっすぐな要求を好ましく思ったのだろう。

リリアーヌは話を聞きながら、複雑な心境でいた。カルロスには悪いが「望んで、実現しなかったものなどない」と言ったレオンの声が耳に蘇ってしまい、息が詰まったのだ。

敵だった者すらも手に入れる——レオンの持つ激しさが、リリアーヌにとっては恐ろしかった。

「あの人は、望めばすべてを手に入れられると思っている……。そんなものは、傲慢ではありませんか」

つい呟いてしまった直後、はっとして気まずい顔をする。

息だけの苦笑をこぼしたカルロスは、慰めを感じさせる優しい声で言った。

「悪い奴じゃないんだ。ただちょっとばかし思い詰めやすくて、不器用なところがあってな。求められれば、素直になるんだが……」

あんなに自由に、傲慢に振る舞っている男の、どこが思い詰めやすいというのか。

反論したかったが、カルロスの苦笑がとても悲しそうだったから、何も言えなくなってしまった。

「だから今度お願いしてみろよ。ねえレオン、腹踊りして……ってな」

「そこに戻るのですか？」

「いや、俺も見てみたくて」

真剣な顔をして言うカルロスがおかしくて、くすくすと笑ってしまう。

「カルロスは面白い人ですね」

「面白いだけじゃなくてカッコいいだろ」

「ふふっ」

ここが敵国だとか、彼自体も敵なのだという考えは頭の片隅に追いやられていた。疲弊していた心が、そうさせた面もあるだろう。

そんなふうに久しぶりに肩の力を抜いていたから、接近してくる気配に気づけなかったのだ……。

「このようなところで道草か。皇帝である私を待たせたのだから、相応の理由があるのだろうな」

「！　レオン、様……」

風に舞う漆黒の髪に夕陽が溶けて、暗い炎が立ち上っているかに見えた。静かな、けれど激しい怒りの炎だ。

思わず震え上がったリリアーヌを庇うように、カルロスが一歩前に出る。

「俺が引き留めたんだ、怒るなよ」

「別に怒ってなどいない」

だが答えとは裏腹に、レオンは明らかに怒っている様子だった。皮肉な笑みすら浮かばないほど無表情だし、声音は冷たく攻撃的だ。

待たされたことがそんなに気に障ったのか、とリリアーヌが怯えていると、すっと手が差し出された。

どうすれば良いのか戸惑っていたら、胸元に添えていた手を強引にとられる。

「行くぞ。これ以上私を待たせるな」

「わ、わかりましたから、手を離してください。っ……レオン様！」

手を握られる恐怖に耐えきれずに名を呼ぶ。その瞬間、ぞわりと全身の毛が逆立った。レオンの怒りがさらに燃え上がったのを、肌で感じたのだ。

「……あいつは呼び捨てにするくせに、私の命は聞けないのか」

「そ、それは……」

「言い訳はいい。さっさと来い」

ぐい、と手を引かれて痛みに顔を歪める。「乱暴はよせよ」との声が後ろから聞こえたが、レオンがそれに耳を傾ける素振りはなかった……。


「痛っ……そ、そのように引かれなくても、自分の足で歩けます」

レオンに手を引かれながら、先ほどの『地獄への階段』を上っていく。橙色だった廊下の光は薄れ、今や夜の闇へと溶け出していた。崩れゆく足場を象徴するようで、冷や汗が流れる。

泣きたい気持ちで前を行く背を見つめれば、肩越しに冷ややかな視線が返された。

「私がくると知って逃げ出したお前が、それを言うのか」

「逃げたなんて……」

単に憂鬱《ゆううつ》だっただけだ、とは返せず口ごもる。ただでさえ怒っている相手を、これ以上刺激したくない。

だがそんなリリアーヌの警戒が、いっそう火に油を注いでしまったらしく、前を向いたレオンは何も言わなくなった。

張りつめた空気がちくちくと肌に刺さってくる。沈黙が恐ろしくて、これならば罵られているほうがましだったと思い始めた時、部屋に着いた。

扉を開けて早々、レオンは中で待っていたダナに「外せ」と短く命じる。

ダナは蒼白になっているリリアーヌの顔をさりげなく流し見た後、レオンに向かって軽く頭を下げた。

キニシス皇家に仕える者なのだから当然のこととはいえ、やはり味方は一人もいないのだと思い知る。侍女ですら敵なのだ。

……と涙を浮かべたリリアーヌだったが、

「この世で最も賢く、勇猛果敢な皇帝陛下。陛下が扱われるご立派な剣は鞘《さや》をも壊す危うきものでございますが、凡民の私どもと違い、陛下はまこと鞘の扱いに長けていらっしゃる。よもやそのお手並みが乱れることはないと、私は知っておりますよ」

頭を下げたままのダナから長々とした賛辞が出てきて、ぽかんと口を開ける。

脈絡がなく感じる台詞に、レオンだけは顔をしかめた。

「お前は中年の男並みに下品だな」

「私の性格をお許しくださったのは陛下でございましょう。それに、あの兄の妹でございますので、致し方ないかと。では、失礼いたします」

軽く膝を折って退室していったダナの背中を見送りながら、今しがた交わされた言葉の意味を考える。

（剣と鞘？　なぜ今そんな話を……）

不思議に思う一方、ダナの態度に驚いてもいて、思考の大部分がそちらに持っていかれてしまった。

二人が長い会話をしている場面を見たことがなかったから気がつかなかったが、レオンとダナの間にも慣れた空気がある。けれど皇帝のお手つきとは雰囲気が違うし、レオンも彼女を性的な目では見ていない気がする。

興味心で恐怖が薄まった頃、手が離されて顔を上げる。

やっと言うことを聞いてくれたのか。と安堵して肩の力を抜いたリリアーヌは、次の瞬間に全身を硬直させた。

「そこの窓枠に手をつき、下肢を晒《さら》せ。自ら秘部を開き、私を迎え入れる準備をしろ」

「は……？」

「聞こえなかったのか。今すぐ自慰をしろと命じている」

さも当然という顔で言われた内容が衝撃的すぎて、思考が完全に停止する。

聞き間違いをしたのかもしれない。むしろそうであってくれと切実に祈る。いや、間違いでなければありえない話だ。

三日前に乙女を失ったばかりの女に、まさか「自慰をしろ」と命じるとは……。

「しないのであれば、お前の膣が裂けようが泣き叫ぼうが構わずに犯すが……それでもいいのか？」

いいわけがないが、自尊心を砕かれるのならば体を傷つけられたほうが……と思いかけ、エステラの顔が脳裏を過ぎる。

傷を負った自分を見た時、今でさえ自責の念で苦しんでいるエステラが、どう感じるか。考えるにたやすく、唇を噛む。これ以上エステラを傷つけたくない。

「……やはり待たされたことを怒っていたのですね」

「いや？　だが今の私は非常に機嫌が悪いから、感情のままに触れればお前を傷つけずにはいられないだろう」

（それは怒っているというのでは……）

嫌味でも言ってやろうと口を開く前に、顎で命じられる。さっさとやれと、鋭い眼差しが急かしてくる。

リリアーヌはもう一度唇を噛みしめ、きつく目を閉じた。

屈辱で震える爪先で床を擦りながら、のろのろと体を半回転させる。

開いた目に指示された窓枠が入り、緊張か怒りか、それとも両方でか、胃が痙攣した。

みぞおちの痛みをなんとか堪え、前かがみになり、少しずつ重厚なドレスの裾をたくしあげる。最後の砦であるドロワーズに手をかければ、情けなさで涙が一粒こぼれた。

従いたくない。逃げ出したい。

けれどここで逃げれば、エステラにも被害が及ぶかもしれない。

（そうよ……あの子を守ると決めたのだから）

意志の強さで逡巡を断ち切り、勢いをつけて踝まで下ろす。

冷え始めた夜の空気が露わになった素肌を撫でて、全身に鳥肌が立った。

レオンが近づいてくる足音がして、痛いくらいの視線が注がれているのを感じる……。

「お前はドロワーズを下ろしただけで濡れるのか？」

嫌みったらしい言い回しで自慰を迫られ、全身が赤く染まる。

こうなったらレオンはいないものと考えるしかないと、思い切って、しかし恐る恐る自身の秘所へと手を伸ばした。

自分の指だというのに、指先が花弁に触れた瞬間、驚いて肩を跳ね上げる。

「っ……ん」

「そのように掠めるだけでは濡れないだろう。もっと深く、花弁の奥にまで指を割り入れ、強く擦れ」

いないものと思おうとしているのに、細かい指示が飛んでくるから、濡れる余裕なんてまったく持てなかった。

そんな状態で乾いた花弁をこすり続けていたら、仕舞には痛くなってきてしまった。焦れば焦るほどうまくいかない。

やがて背後でレオンが動く気配がして、諦めてくれたのかと僅かに期待した。

期待など、この男にできるわけがなかったのに。

「仕方ない。手伝ってやろう」

どこか楽しそうな声が腹立たしい。

首を捻ったリリアーヌは、意地でも手を借りるものかと鋭い声を上げた。

「いいえ、触らないでください。迎え入れる準備はまだできておりませんので」

その精一杯の虚勢を、くつくつとした笑い声が揶揄《からか》う。

「わかった、私は準備ができるまで指一本触れない。だが、ただ待っているのにも飽いた。だから……」

「ひっ!?」

つ、と冷たい何かが臀部に垂らされて、リリアーヌは短い悲鳴を上げる。動転して振り向こうとしたら、先回りした声が説明した。

「ただの香油だ。安心しろ」

いきなり液体を秘所にまぶされ、安心しろというほうが無理だ。垂れてきたそれが花弁と指にまとわりつき、ぬるぬると滑って気持ちが悪い。

「ほら、続けろ」

こんな気持ちの悪い感触に快感を覚えるわけが……と思っていたのに、しばらく擦り続けていたら、ぬめりのせいか妙な気分になってきた。

「ふっ、あ……」

敏感になった花芯に指先が当たった瞬間、ぴりりと強い刺激が走り抜け、背筋を反らす。

こんなふうに視線で犯されながら独り悶えているなんて、自分は一体何をしているのだろう……。

頭の片隅ではそう悲しく思っていても、一度快感を拾ってしまった体はどんどん敏感になってしまう。

硬く充血した花芯を、ぬるつく指で擦るのが気持ちいい。

(嫌、ちがう、気持ちよくなんか……きもち、よくなんか……)

これ以上感じてしまうのが嫌で、花芯から指先をそらす。と、

「お前のそのいやらしく膨れた部分を、もっと撫でてやれ」

すかさず命令が下され、逃げ場をなくす。

リリアーヌは啜り泣く声で喘ぎをごまかしながら、膨れきった花芯を擦った。

「んっ、ふっ、っく……はあっ、あっ、は……っ」

「くくっ、お前ほど淫らな姫はいないだろうよ。乙女を奪われたばかりだというのに男の眼前に秘所を晒し、蜜を溢れさせている……」

見なくても、レオンがどういう目をしているのかわかる気がした。

ねっとりと這うような視線で、膨れた芽、蜜を滲ませる入り口、その奥まで――敏感になった粘膜の部分を舐られている。

羞恥で汗ばんだ肌を震わせ、リリアーヌは叫んだ。

「そ、それは貴方が……！」

しかし叫びは最後まで紡がれることなく、耳横での囁きに遮られた。やや掠れた声が、わざとらしいほどの柔らかさで耳孔に滑り込んでくる……。

「ああ、かわいそうに……。私は命じただけで、快感を得たのはお前だ。私の視線で犯され、体奥をひくつかせる淫らな女なのだと知るのは、さぞかし屈辱だろう……」

「ちがっ……わ、わたくしはそんな女では……！」

「ならば証明できるな？　このいやらしく蠢く肉の奥にまで指を差し入れ、濡れてはいないのだと見せてみろ……」

「っ……」

「できないのは、やはりお前が淫乱だからだろう」

「ちがう……ちがうわ……」

ならばやってみろ、と悪魔の艶めいた声でそそのかされる。

快楽と混乱にもまれた頭は、既にまともな思考能力をなくしており、小刻みに揺れる指先を言われるまま蜜口に忍ばせた。

「あっ、ぁ……」

熱く、熟れた膣壁が中指に絡みついてくる。花芯への刺激で濡れきっていたそこは、少しの
刺激で敏感に反応した。

初めて自身の内側に触れる——ありえない状況に脳が混乱し、興奮し、異様に昂《たかぶ》る。

「どうだ？　奥は蜜にまみれているか……？」

耳元で響く声はますます柔らかくなり、精神を揺さぶる。淫らなことを言われているはずな
のに愛でられている気さえしてきて、いやいやと首を振った。

「わか……わからない……」

「そうだな、一本だけではわからないだろう。ではもう一本入れてみろ……」

「で、でも……」

「大丈夫、今の状態なら痛くない」

酷いことを要求されているのに、優しく導かれている錯覚に陥る。

リリアーヌは小さくしゃくりあげながら、指示された通りに中の指を増やした。

未だきつい中を広げると圧迫感を覚えたが、香油のぬめりのせいか痛みはない。

「そのままゆっくり、中を擦ってみろ……」

「んっ、ん……ぁ」

リリアーヌの指では奥のほうまで触れなかったが、入り口のほうを撫でるだけでも緩やかな痺れが広がった。

次第にくちゅくちゅという水音が大きくなり、指を伝った蜜が掌にまで垂れてくる。

「やはりお前は淫乱な姫だな。こんなに蜜を溢れさせて、どの男を誘惑するつもりだったのだ？」

「いやっ、ちがう、ちがうわ……っ」

「いいや、違わない。私以外の男に、あのように笑いかけて……。本当は私が訪れない三日の間に、カルロスにも犯してもらったのだろう？」

「そんなわけ……っ」

「こんなに敏感な体では信用できないな。他の男をくわえこんでいないと言うのなら、そのいやらしい蜜壺を開いて、奥まで見せろ」

自尊心はとっくに砕かれ、レオンの命令にしか反応しなくなっていた。

意識を朦朧とさせながら上半身を窓枠の手すりに預け、自身の尻を摑んで左右に広げる。

空気に触れた内側の部分がひくりと痙攣し、また新たな蜜をこぼした。

「そのまま摑んでいろ。じっくり……」

じっくり見られてしまう。確認されてしまう。

妖しい予感にまた胸を喘がせたら、

「あっ！　あぁぁっ!?」

「っ、はあ……じっくり、味わってやる」

ぐちゅん、と大きな水音が響き、指とは比べものにならない圧倒的な存在感で穿たれた。

予想していなかった衝撃に心も体も混乱し、汗が噴き出る。

痙攣する膣が剛直を締め上げると、レオンはたまらないといったふうに吐息を漏らした。

中の感触を確かめるような動きで、奥まで埋められたまま二、三度揺すられる。

「あぅっ、あっ、あぁ……！」

「っ、きついな……、この様子では、私以外の男は迎え入れていなかったようだ……」

「あっ、だ、から、さいしょからそう言っ……んぁっ！」

正真正銘二度目の交わりなのだから当然だ。狭い中を広げられる痛みは依然としてあるし、長大なもので押し上げられる度に苦しさで呼吸が止まる。

だが一度目の時よりかは痛くなかった。香油のぬめりもあるからか、しっかり根本まで飲み込んでしまう。

「ああ、そうだな、お前は私だけのものだ」

その言葉を刻みつけるように、熱杭が子宮口を圧迫してくる。

レオンがゆっくりと腰を回せば、ぬちゅりぬちゅりと粘りけのある音が響いた。

「あっ、んあっ、あ……ひぁ!?」

硬い先端が内側の一点をなぞった時、痛みとは明らかに異なる感覚が背筋を駆け抜けた。

指で刺激されるよりも重く、眩暈《めまい》を伴うような快感だ。

甲高い嬌声を聞いたレオンはにやりと口端をつり上げ、同じ場所を抉る。

「いやっ、いやぁっ、そこ、いや……！」

「ああ、お前の感じる場所はここだったな……」

要領を得た調子で、何度も執拗に擦られる。

レオンは強い刺激でびくつく膣を存分にこね回し、押し上げ、宣言通り味わっているようだった。

「あんっ、んっ！　ふ、あっ！　あぁっ、や、だぁ、も……いやぁっ」

嬌声の甘さが増し、うねる膣襞は大量の蜜を吐き出す。悪寒に似た何かが腰に集まってきて、どこかに流されていくような錯覚に怯える。

いやだいやだと思う意思に反して、擦れ合う粘膜の感触が気持ちよくてたまらない。

そんなリリアーヌの変化を感じ取り、レオンは腰の動きを変えた。じっくりとこねる動きから、出し入れを加えた抽送へと、だんだんと激しくなっていく。

「んぐっ、あっ、ひぁ！　いっ……！」

十分に慣らされたとはいえ、まだ二回しか男を迎え入れてない蜜壺は激しい動きに怯えた。

痛みがぶり返し、それが快楽とごちゃまぜになって思考を乱れさせる。

（い、たい……くるし……、ああ、でも……）

激しく揺さぶられながら息を詰めると、下腹部が締まって中の剛直を圧迫した。

せっぱ詰まった感のする吐息を漏らし、レオンが腰を打ちつける。

「くっ！　出……すぞ、しっかり奥で受け止めろ……」

「ひっ、あ！　やっ、いやっ！　あぁぁっ……！」

「っ、リリアーヌ……！」

名前を呼ばれたのと、剛直の震えを感じ取ったのは同時だった。

凶暴な肉茎がびくびくと内側で跳ね返り、リリアーヌの中に熱いものを吐き出す。

「う……ひっく……あぁ……」

染み渡る熱を感じ、子供のようにむせび泣く。

ルチアーノに捧げるはずだった体が、二度も侵食されてしまった。他の男の精に染められてしまった。

強く実感してしまうと、一度覚悟したことでも、やはりどうしても悲しくなる。

泣き続けるリリアーヌの中から去らないまま、レオンは耳朶に口づけた。

驚いて振り向くと、今度は頬に。そして最後は唇に、しっとりとした口づけが落とされた。

涙で濡れた睫《まつげ》を震わせ、優しい仕草の意味を問う。

返ってきたのは、脈絡のない言葉だった。

「私は鞘を大事にする男だからな」

間近で笑んだ漆黒の瞳は、いたずらな光を浮かべて瞬いた。

最初は何を言っているのかと首を傾げていたリリアーヌだったが、それを見て理解する。

(！　も、もしかしてダナが言っていた『剣と鞘』とは……)

レオンはその表現を指して「中年の男並みに下品」と言った——レオンも人のことは言えないと思うのだが——恐らくあれは、性交の比喩だったのだろう。

そして暗に、王妃に無茶な真似をして傷つけるなと警告してくれたのだ。

理解するとなんとも言えない気持ちになり、深くうなだれる。同時に、小さな喜びも感じていた。

(ダナは……私を守ってくれたのだわ)

犯されたばかりだというのに胸が温かくなる。

そんなふうにひっそりと感動していたリリアーヌだったが、小さく揺さぶられて呻きを漏らす。

「う、ん……？」

「交わっている最中に考えごとか。お前はつくづく無礼な奴だな」

「なっ、だって終わって……っ！」

そういえば、と内側に意識を集中させる。

少しも衰えていなかったレオンの熱に気づき、さあっと青ざめた。

「あの……レオン様……、今夜はもう……」

「レオンと呼べと言っているだろう。……命に背いた罰として、あと二回は犯してやる」

「えっ!?　そんな待っ……ひっ！」

ああ、待てと言われて待つ男ならば苦労はしていなかったか……。

再び快感の渦に飲まれながら、リリアーヌは嫌というほど思い知った。

5.

似ているからこそ、差に切なくなる。けれど忌々しいと思う一方で安らぎを感じている自分もいて、だからつい足が向かってしまう。――キニシス城の庭園は、アルクシアの王女たちに安らぎと悲しみを同時に与える複雑な場所となった。

心を慰める柔らかな春の日差しが降り注いでいたが、反して二人の心は重く沈む。今日に限った話ではなく、胸の内の重石《おもし》は日々大きくなっている。キニシスの城に囚われて一月が経っていたが、ほとんど気分が上向く時はなかった。

「あっ……」

エステラと二人で庭園を歩いていたリリアーヌは、ちょっとした石畳の出っ張りで躓《つまず》き、体勢を崩す。健常ならばなんてことはない地面だったが、夜通しレオンに貫かれていた体が悲鳴を上げていたのだ。

（レオンは、よほど白銀の姫の子がほしいのね……）

二度目に交わった日から、レオンは一日と欠かさずリリアーヌの寝室を訪れた。忙しいだろうに、睡眠時間さえ削ってやってくる。ダナを除いた侍女たちは、皇帝陛下の寵愛を一身に受ける姫として羨ましがったが、リリアーヌからしてみれば迷惑極まりない。

夜ごと抱かれた体は痛みを覚えなくなってしまい、それもまたリリアーヌの心を苛んだ。

がくがくと痙攣する四肢は昨夜の情事を思い出させ、泣きたい気持ちで首から上を赤くする。

(情けない……。こんな調子だからいつも嗤《わら》われるのだわ)

抱かれている間に恥じらいで肌を染めれば、すかさず揶揄《からか》う調子で囁かれ、いっそう羞恥心が高まる。その状態でリリアーヌの奥を穿つのが、彼はことのほか好きなようだった。

ああ、そういえば昨夜の彼は、情欲の滲む声音でこう囁いていた。

――何を恥じている？　私をほおばって離さない、この淫らで貪欲な体を知られるのが恥ずかしいのか。……と。

「っ……」

情けない、といったそばから囁きを思い返してしまい、きつく目を瞑る。

想像だけで体温を上げる体が忌々しい。腰に走った痺れが嫌悪ではないとわかるくらいには、レオンの熱に慣れてしまっていた。ずぐん、と重い衝撃すら体奥に感じ、うずくまりたくなる。

「ふう……」

熱を散らす息を吐き出し、ゆっくりと目を開ける。滲んだ涙で視界が霞がかり、思考もぼやけそうになる。

本当に、過ぎた快楽は毒だ。身を浸すごとに頭の芯がぼやけ、徐々に抵抗力を奪われていく。

「お姉さま……」

疲労が色濃く出た顔を無理やり笑ませ、エステラの呼びかけに応える。大丈夫との意味を込めたのだが、彼女は今にも泣き出しそうな表情で下唇を噛んだ。泣きたいのを必死で我慢している時の顔だ。

リリアーヌの体を支えた手や唇をぶるぶると震わせ、それでも涙は流すまいと歯を食いしばっている。きっと己には「大丈夫ですか」と案じる資格もないと思っているのだろう。

「……貴女のせいではないわ。これは私の意思。貴女に生きていてほしいという私の身勝手」

内心の声に応えると、エステラは大きな瞳をこぼさんばかりに瞠《みは》り、じわりと涙を滲ませた。

やがて押し出されるようにして出てきた声は、弱々しくも一語一語がしっかりとした、強い意志を感じさせるものだった。

「いいえ、むしろお姉さまはもっと身勝手になるべきです。いつも白銀の姫として毅然と立っているお姉さまは大好きですが、そのお役目をまっとうする強さが、お姉さまのお心を壊してしまわないか……エステラは心配なのです。どうかこのエステラの前でだけは、弱音を吐いてください」

「エステラ……」

幼いと思っていた妹が、そこまで考えていたことに驚く。同時に、なぜ彼女の聡明さを知りつつも「わかっていないだろう」などと考えていられたのかと恥ずかしくなった。

エステラはリリアーヌが抱え続けてきた葛藤も弱さも、よくわかっていたのだ。

「やはりエステラは、強い姫ね……」

妹の成長が嬉しく、誇らしい。

リリアーヌが感慨深く呟くと、エステラはバラ色の唇を尖らせて抗議した。

「だから、違います。エステラはこれから強くなるのです」

「ふふ、もう十分強いわよ」

微笑んで頭を撫でていたら、気の緩みゆえにか涙が一粒こぼれ落ちてしまった。それが引き金となり、止めようとする意思に反して次から次へと涙が溢れる。

「っ……ごめんなさい。だめね、私ったら……弱くて、だめな姉だわ」

リリアーヌの頬を伝った雫がエステラの目元に落ちると、彼女の瞳からも誘われるようにして大粒の涙がこぼれた。堪えていた分、リリアーヌよりも勢いよく溢れ出る。手先から始まった震えが徐々に大きくなり、小さな体全体がしゃくりあげる。

「ちがっ、ひっく、違います、だめなんかじゃありません！　お姉さまは、世界一のお姉さまです！」

二人分の涙を流す勢いで泣くエステラに胸が締め付けられ、衝動的に強く抱きしめる。

「ありがとう、エステラ。私は本当に、貴女に生かされている……」

今日はこうして二人、泣き明かしてしまおう。

そう心に決めて抱き合っていた矢先《やさき》、

「おい、なぜこんなところで泣いている？」

初めて耳にする澄んだ声に不意を突かれ、二人揃って顔を上げる。すると涙で歪んだ視界の中、一人の少年がこちらに向かって歩いてきていた。

陽光に負けない温かみのある栗色の髪は耳の位置で切りそろえられ、長い睫に縁どられた瞳ははしばみ色。どちらかといえばルチアーノの美しさに近しい中性的な面立ちは、訝しむ表情がなければ人間くささを感じられないほど整っている。何を言われずとも貴族だろうと推察できる高貴な雰囲気が、彼の美しさをより際立たせている気がした。

「お前たち……」

少年はリリアーヌたちを見て……というより、厳密にはエステラを見て目を瞠った。時が止まったかのように彼女を凝視し、数秒後に我に返った素振りでそっぽを向いた。

「……だから女は嫌いなんだ。すぐめそめそ泣いて、助けを求める」

ぼそりと呟かれた言葉に声をなくす。たしかに他の者も来る中庭で泣いていたのは悪かったかもしれないが、初対面の者にそうまで言われるとは思わなかった。

呆然とする二人とは視線を合わさず、少年は膨れ面をふいっと背けて踵を返した。そのまま庭園から出ていってしまう。

「な、なんですかあの方は。失礼な方ですね」

しばらくして、エステラが怒りと困惑が混ざった声を上げる。少年に負けないくらい頬を膨らませ、未だ薄い胸を反らし、腰に手を当てる。

可愛い怒りの表現にリリアーヌは苦笑し、また彼女の頭を撫でた。

「きっと、どこか有力な貴族の子息でしょうね。雰囲気が他の者とは違うもの」

リリアーヌがそう言うと、エステラは引き結んでいた口を少しもごもごとさせて、どこか悔しそうに呟いた。

「そ……そうですね。ちょっと、お顔は……よろしいかもしれません」

顔？　と聞き返そうとしてやめた。そういえばと思い出したのだ。

(エステラは、昔からルチアーノの顔が好きだったものね)

よくルチアーノの顔をぼうと見つめている時があったから、気になって聞いてみたところ……どうやらエステラは中性的な美貌が好みらしい。彼女らしからぬ熱心さでいかに好みであるかを熱弁された時は、正直うろたえたくらいだ。ちなみに、最後に「でもルチアーノ様が好きなわけではありませんよ。なぜだか私、ルチアーノ様にはまったく惹かれませんの」と念を押すのも忘れなかった。

もしかしたら彼女は、いわゆる面食いというやつなのかもしれない。

(あのくらいの美形を探すとなると、エステラの結婚相手を探すのは骨が折れそうね……)

姉として、せめて妹には望む結婚をさせてやりたい。王妃という立場を使ってどうにかできないだろうか。姉のひいき目ではなく、彼女は相当な美少女だ。美男の婚約者を募れば国中から候補者があがるに違いない。そこで自分が、性格が良く穏やかそうな男性を探して――などと、ごくごく真剣に考えていた時だった。庭園の入り口から葉擦れの音が聞こえ、また誰かがやってきたのだと知れた。

また二人揃って顔を上げ、あ、と口を開けたまま動きを止める。

「よ、良いか、そこから動くなよ」

なぜかティーカップを持った先ほどの少年が、おぼつかない足取りでこちらに歩いてきた。カップの中になみなみと注がれた茶色の液体はたぷたぷと波打っていて、今にもこぼれてしまいそう。しかも意識が手元に集中しているからか、ただでさえ危なっかしい歩き方なのに、少年はまったく前を見ていない。

「あの……？」

エステラが心配そうに声をかけると、少年は驚いたふうに肩を跳ね上げた。拍子でティーカップから手が離れそうになり慌てて持ち直したものの、今度はリリアーヌが躓いた箇所で足先を引っかけてしまう。

危ない、と声を発した時には既に遅く、高そうなティーカップが空を舞う。

「うわぁっ！」

ない。

「きゃあっ⁉」

となれば、中身も宙を舞うわけで……液体の落下地点にいたエステラのドレスに降りかかった。とっさに少年が摑めたのは、ほぼ空になったカップのほうだけだ。当然ながら液体は摑めない。

淡い水色のドレスに茶色のシミが広がり、姉妹同時に青ざめる。

まさかこれは、新手の嫌がらせだろうか……。少年とはいえ、さすがキニシスの男だ、あなどれない。

そんなふうにエステラと手を握り合っていたら、少年は一度泣きそうな顔をして、次に唇をへの字に曲げて憤然《ふんぜん》とした面持ちで近寄ってきた。

怯えるエステラを背後に庇おうとした瞬間、少年の歩みが止まり、幼さの残る腕が伸ばされた。偉そうな教師を彷彿とさせる格好で、ずびしっと指先を向けられる。

「火傷はないな」

何がなんだかわからないが、とりあえず二人とも頷く。

少年は僅かに安堵の色を浮かべながら、やはり偉そうに言い放った。

「お前が声をかけるから、驚いてそれをこぼしてしまった。せっかく僕自らが作ったショコラだったのに」

いきなり文句をつけられ、謎の液体、もといショコラをかけられたエステラのほうが面喰って目を瞬かせる。

「は……はあ」

「はあ、ではない。よいか、そのショコラは僕が初めて人のために作ったものだったんだぞ。もっと光栄に思ってしかるべきだ」
二、三秒、エステラと一緒に呆気にとられていたリリアーヌだったが、少しして気がつく。
この少年は、もしや自分たちのためにショコラを淹《い》れてきてくれたのではないだろうか。もしそうだとしたら、理由を知りたい。

リリアーヌは少年の様子を窺いつつ問いかけた。

「もしかして……私たちのために作ってきてくださったのですか？」

問われた少年は何を今さらわかりきったことを、といった風情で鼻を鳴らす。

「ああ、そうだ。女は甘いものを飲むと幸せそうな顔をするだろう」

「では、泣いていた私たちを気にして……？」

「べ、別にお前たちを心配したわけではない。この庭園は僕のお気に入りでもあるから、そこで泣かれていると空気が悪くなって嫌だったんだ」

意地悪な言い方に、エステラがむっとした顔をする。恐らくは姉を守っているつもりなのだろう。リリアーヌの前に立ち、腕組みをして少年と対峙した。

「庭園は貴方だけのものではありませんわ。その庭園で誰が泣こうが、勝手でしょう」

「か、勝手ではない。泣くくらいなら、もっと別のことをしろ」

「別のことって何ですの」

「色々あるだろう。ショコラを飲むとか……」

不機嫌そうに顔を背けた少年の頬が赤くなっているのを見て、思わずくすりと笑ってしまう。言い方はだいぶ捻《ひね》くれているが、リリアーヌの推測したところ、少年なりに泣いているエステラを慰めようとしてくれたのだろう。貴族の子息が直々に給仕を試みるとは、よほどエステラのことが気に入ったらしい。

だがいつもは聡いはずのエステラは「嫌がらせ」だと思い込んでいるらしく、一歩も譲らない構えだ。

「このドレスについたものを『飲め』とおっしゃるのですか」

「そうは言っていない。ほら、まだカップの底に少しだけ残っているから、飲んでみろ」

ずいっと突きつけられ、困惑した顔をリリアーヌに向けるエステラ。

リリアーヌは吹き出しそうになりながらも、念のためと思い、先にティーカップを受け取った。

「先に私がいただいてもよろしいですか？」

「あ、ああ。それは構わないが……」

「お姉さま、毒見ならば私が！」

「失礼な、毒など入っていない」

残っているとは言っても、底のほうに滴《しずく》が溜まっている程度だ。リリアーヌは全部を飲み干してしまわないよう、舌先で舐めるだけに留めた。

危険がないのを確認し……曖昧《あいまい》な笑顔で頷く。そして不安そうにしているエステラの肩に手を添え、問題はないと伝えた。

「ほら、毒など入っていないだろう。さあ、お前も飲んでみろ」

リリアーヌが問題ないと判断した後となっては、もはや断るほうが難しい。ショコラが大好きなエステラは、警戒しつつも内心では期待してカップを傾けた。

そうしてじんわりと舌の上に広がった――うすい、何味だかわからない、質素というかなんというか――とにかくまずい味に顔をしかめる。

「どうだ、うまいだろう」

「……あの、とても申し上げにくいのですが」

「なんだ、言ってみろ」

「まずいです」

大好物のショコラに関しては、優しいエステラでも判定が厳しくなるらしい。

同じくとてつもなくまずいショコラを味わったリリアーヌは少年を擁護できずに苦笑する。

「だめよ、エステラ。人からいただいたご厚意をそのように言っては……。ほら、なんというか、素朴な味わいだったでしょう?」

「いいえ、これはまずいと言うのですわ、お姉さま。私はこれをショコラとは認められません。私の信条に反します」

エステラは妙なところで頑固だ。繊細な部分がある一方で、一度決めるとテコでも動かない時がある。

どうしようかと困っていたら、まずいと連呼された少年の瞳がうるうるとしてきた。こちらのほうがよほど「まずい」事態だ。

「あの、エステラ? 味よりもまずは、いただいたお優しさに感謝をしなければ……」

慌てて止めに入ると、エステラははっとして、すぐに頭を下げた。

「あ、そうでしたね。えっと……どなたかは存じませんが、ありがとうございました。とても素朴で……素敵な味わいでしたわ」

散々まずいと言った後では、かなり苦しい賛辞だ。

案の定、少年は顔を真っ赤にした怒りの表情になった。

この調子では、無礼なことを言うなと怒鳴ってくるだろう……と思いきや、

「まずいと言うのならば、次は世界一うまいショコラを淹れてやろう! いいか、それまで逃げるなよ!」

どうやら違う方向で火がついたようだった。

挑戦状を叩き付けられたエステラは、困惑した様子で頬に手を当て、首を傾げる。

「世界一、ですか？　いきなりは難しいかと存じますが……」

「世界一と言ったら、世界一なんだ！　それに僕はどこぞの誰かではない！　ちゃんとフェルナンドという名がある！」

一生懸命主張する様が微笑ましく思える。リリアーヌは久しぶりに穏やかな気持ちで、二人のやりとりを見守っていた。

エステラも幾分か安心したのか、肩の力を抜いて聞き返す。

「フェルナンド様、ですか」

「そうだ。フェルナンド＝キニシスだ！」

少年——フェルナンドが叫んだ瞬間、リリアーヌの息が止まった。目前の少年の容姿をまじまじと観察し、困惑する。

（『キニシス』を名乗れるのは、皇家だけのはず……。とするとこの子は、レオンの……）

弟、なのだろうか。それにしてはずいぶんと似ていない。

同様に察したエステラと顔を見合わせ、この少年にどう対応するべきかと悩んでいたら、また葉擦れの音がして庭園の入り口に目をやった。

ぎくり、と音がしそうな勢いで固まり、リリアーヌは回れ右をして逃げ出したい心境になった。

「……ここにいたのか、フェルナンド」

たしかここに来たばかりの……カルロスと話していた時もそうだったか、と記憶が蘇る。レオンは全身から静かな怒りの炎を立ち上げ、歩みだけは悠々と近寄ってきた。

「お、おはようございます、レオン様……」

なぜ機嫌が悪いのかわからないが、彼は今怒っている。それだけはわかる。

怯えながら声をかければ、静かだった怒りの炎がごうと音を立てて燃え上がり、レオンが一息吸った後に内側に潜んだ。

彼なりに衝動を抑えているのか、リリアーヌのほうは一瞥しただけで視線を逸らし、フェルナンドに向き直る。

「今は数学の時間だろう。それともここに、解明すべき謎が落ちていたのか？」

「あ、えっと……はい」

次にぎくりとしたのはフェルナンドの番だった。錆ついたブリキ人形のような動きで首を傾げ、レオンの顔を窺う。満面の笑みに許されたと思ったのは束の間、直後に落ちてきた言葉で蒼白になる。

「だろうな、女心はこの世で一番の謎だ。早速マーキングも済んだようだし、まずまずの成果ではないか。褒めてやろう」

エステラのドレスにかかったショコラを流し見て、鼻先で笑う。

誰よりも早く意味を察したフェルナンドは、蒼白だった面を一瞬にして真っ赤に染め、憤然と抗議をした。

「あ、兄上は下品です！」

兄上、との呼び方で確信を得ると共に、まったくだと同意する。不器用だが、甘いものを作って女性を和まそうとしたフェルナンドのほうが、よほど優しいしロマンチストだ。

深く頷いていたら、不意打ちで手首を強く摑まれた。均衡を崩し、踏ん張れずにレオンの胸に倒れ込んでしまう。

「きゃっ!?」

「行くぞ」

憮然と言ったレオンの顔を恐る恐る確認する。途端、体の芯まで貫くような激しい視線とぶつかり、緊張で肌が汗ばんだ。だが怯えばかりではなくて、今日は漆黒の瞳の奥にある熱情……とでも言うべきか、熱い感情を見て取り、なぜだか無性に胸が騒いだ。

それが男の欲情ゆえなのだとしても、リリアーヌがほしくてほしくてたまらないのだと視線で語られている気がして落ち着かない。

「……どちらに？」

「弟に誘発されたのか、私も所有の証をつけたくなった」

「だ、だから貴方は下品だと言われるのですよ！」

との小言を言えば、見慣れた皮肉げな笑みが浮かぶ。野性味溢れる男らしい美貌を計算されたような絶妙な按配《あんばい》で歪め、瞳に壮絶な色香を滲ませる。粘度を感じる視線に絡めとられ、目が閉じられない。

「上品に女を抱く軟《やわ》な男など、あれを切るべきだな」

またそんなことを言って、と呆れ顔を作るリリアーヌもかなり毒されている。

レオンに対する怯えも怒りも消えていないのに、長い腕で抱きしめられると、さらに胸が騒ぎ始めて困った。居心地の悪さでみじろげば、さらに深く抱き込まれてしまう。

服の上からでもわかる逞しい胸板に耳が貼り付けられる格好となり、少しだけ速いレオンの鼓動を聞いた。

「？　……お前、ちゃんと食べているのだろうな。私の子を産む器のくせに、無断で痩せるとは生意気な」

「ひゃっ!?」

唐突に腰まわりを撫でられ、小さく肩が跳ねる。妹たちが見ている前で体を撫でまわされる恥辱に、リリアーヌは耳まで真っ赤になって睨み上げた。

「食べておりますっ。最近はどなたかのおかげで疲れることが多いので、そのせいではありませんか」

皮肉ではなく、リリアーヌは本当に疲れていた。キニシスに来てからというもの、思い悩むことが多いせいで眠りが浅く、短くなっている。その質の悪い睡眠時間すら夜通しの交わりで削られるから、レオンが想像しているであろう時間よりも眠れていないのだ。

だが夜の営みを「エステラの身を守るための試練だ」と思っているリリアーヌは、まともに抗議することもできず、疲労だけが蓄積されてしまっている。

一回本気で断ってみようかと悩んだ時もあったのだが、試練を断るのは負けを認めるようで悔しい。との意地を貫くつもりで顔を上げた瞬間、不意に眩暈を覚えて目を細めた。

(どうしたのかしら、なんだか……気持ちが悪い……)

「おい？」

急に黙ったリリアーヌの顔を間近で覗き込んだ瞳からは、先ほどまでの怒りが消えていた。背を支える手は優しく宥める動きで、腰から肩甲骨までを撫で上がる。

(本当に、嫌な人……。私を愛していないと言って憚《はばか》らないくせに、こんな抱きしめ方をする……)

落ち着かないのは、きっと残酷な言葉と優しい抱擁のつりあいがとれていないからだ。ちぐはぐな印象はいつもリリアーヌを混乱させる。

そうだ、これも怯えている証拠に違いない。レオンが恐いと思う感情とは別に、妙な緊張感に支配されているのも、それを苦しいと感じるのも、この男が大嫌いだからだ。

「リリアーヌ？」

なぜか、だんだんと……声が遠くなってきた。

心配そうなエステラの顔も見えるのに、手が上げられない。

(い……や……)

レオンに抱きしめられ、エステラには手が届かない——攫われた時の光景を思い出させる状況に、脳が混乱をきたす。乱れた意識は視界も感覚も、ぐるぐる、ぐちゃぐちゃと回した。

あまりの気持ち悪さに思考を手放すと、重い闇が落ちてきて……リリアーヌはぐったりと目を閉じた。


「——だ……いる」

どのくらい時間が経ったのか、やたらと苛立っている様子の声に起こされる。けれど意識は覚醒したものの五感すべてが鈍っているようで、水の中に沈んでいるように声が遠くに聞こえる。動かそうとした体は重く、泥の中に沈んでいるのかと思った。

(?　冷たい……)

ひやりとした感覚を額に感じ、少しだけ気分がよくなる。何か濡れたものを載せられたのか、熱を吸ったそれが温くなると、また新しいものと交換された。

飽きもせず、ずっと同じことの繰り返しだ。時折顔を覗き込まれている気配もして、リリアーヌはなんだかくすぐったいような気持ちで口元を緩ませた。息をするだけでも苦しい状態だったが、本当に久しぶりに安堵を覚えていたのだ。この感覚は『白銀の姫』という役目の本質を知らず、のびのびと生きていた子供時代に似ている。

気張る必要はなく、優しい母の胸に身を委ねていられた昔。あの頃に戻りたいと思うのは他者への依存を望んでのことではなく、ただの人に戻って、すべてから解放されたいと潜在的に願っているからなのかもしれない。

そんな自分の弱さに苦笑すると、額に触れていた誰かの指先が頬に流れた。大事なものに触れる手つきで、そっと優しく撫でていく。

（だれ……？）

こんなにも自分を大事に扱う者の顔が見たかった。重い瞼をなんとか上げて、酷くぼんやりした景色の中を探る。徐々に物の輪郭がはっきりしてくると、すぐ近くに黒く長い髪が垂れているのがわかった。

さらさらと揺れる黒髪を目で伝い上り、髪よりも濃い漆黒の眼を見つける。誰かに指示を出しているのか、視線の先は遠いどこかに向けられていた。

「おい、やはりやぶ医者なのではないか。違う薬師を呼んでこい」

「お言葉ですが、既に三人目ですよ、陛下。誰を呼んでも結果は同じかと」

やや離れたところからは女性の声、至近距離からはよく通る男性の声が聞こえる。女性は少し呆れた調子で、落ち着かない様子の男性を窘めているようだった。

やがて小さく舌打ちをした男性の目が、こちらを見下ろして……。

「！　リリアーヌ！」

名を呼ばれて、ようやく自分というものを取り戻す。リリアーヌは未だ重い瞼を二度ほど瞬かせて、じっと男性を——レオンの顔を見つめた。

熱が見せる幻覚だろうか、レオンが今にも泣き出してしまいそうで、つい手を伸ばす。だが目元に触れようとしたその手は目的を達する前に取られ、握られた。痛いほどに、切ないほどに、強く。

「レオン、さま……？」

「ようやく目を覚ましたか。器のくせに私の許可なく熱を出すとは、やはりお前は生意気な女だ」

なるほど、どうやら熱を出して倒れていたらしい。とレオンの相変わらずな物言いを聞きながら判断する。けれど物言いは相変わらずでも声がやたらと心配そうだったから、妙におかしくて笑ってしまった。

よく観察してみれば、常にはないくらいに眉が八の字になっている。リリアーヌの手を何度も持ち直す仕草も、どことなく必死な印象を受けた。まるで己が助けてやれないのがもどかしい、とでも言うようだ。

「ふふ、レオン様でも、そのようなお顔をされるのですね……」

「お前は意思が強すぎて面白くない。熱に浮かされている時くらいレオンと呼んでもいいだろうに」

ふてくされた言い方に息だけの笑みが漏れる。器として心配しているだけだとしても、彼の人間らしい態度にほっとしてしまった。

彼らしくないと思うのに、なぜか彼らしいとも感じる。たぶん、いつも黒い瞳の奥で揺らいでいた熱と印象が一致するからだろう。

ふと、本質はどちらなのだろうと考える。冷酷で皮肉屋な皇帝か、触れる手と同じ優しさを持つ男か――

「妹のことは案ずるな。お前と違い、元気にしている。案外あちらのほうが逞しいのかもしれないぞ？」

何か考えていると察したレオンが、珍しく間違った先回りをする。否定しようかと口を開きかけ、やめた。確かにそれも気になることだったたからだ。

口を閉ざしたリリアーヌの代わりに、部屋の隅から声が発せられる。その柔らかな響きで、ダナも付き添っていたのだと知れた。

「王妃様がお倒れになったのは、陛下が毎夜ご無理をなさるからです。それをお忘れなきよう」

「重々わかっていると、先ほどから何度も言っているだろう。まったく、小姑に見張られている気分だ」

「文句をおっしゃるのなら、小姑がいなくても問題ないくらいに大人になられてください」

声は柔らかくとも、内容は針の鋭さを持っている。天下の皇帝にもずけずけと言い放つダナは、実は誰よりも強いのではないかと思う。

苦笑しつつ付き添いの礼を言おうとしたのだが、頭が重くて持ち上がらない。

仕方なく目だけを向けると、ダナはにっこりと微笑んで一礼した。

「では、私は下がらせていただきます。すぐ隣の部屋におりますので、何かございましたらお呼びください」

濃紺のドレスの裾が扉の向こうに消えると、レオンは深々とした溜息をついた。本当に小姑に見張られていた婿のようだ。

おかしくてクスクスと笑うと、今度は無表情で見下ろされる。強い視線の意味を図りかね、怒っているのかと不安になりかけた時、ぼそりとした呟きを耳が拾った。

「……今宵は、私の前でも笑ってくれるのだな」

「え？」

「なんでもない」

なんでもない、わりには嬉しそうだ。じわりと笑み崩れた目元口元は、リリアーヌの知る彼らしくないのに、やはり彼らしく……似合っていると感じた。いつもの皮肉げな笑みで隠してしまっているのがもったいない。

「リリアーヌ……？」

呼ばれて気がつけば、握られていない手のほうでレオンの頬に触れていた。触れて、温かみのある表情を確かめたかったのだ。

息を飲んで驚いた様子だったレオンは、少しずつ吐息を漏らし、最後に切なくも聞こえる声で問いかけた。

「……仇に、触れてもいいのか」

言われなくてもわかっている。彼は故国を滅ぼした巨悪、仇だ。

そうと知っていても触れたくなるくらい……今宵の彼は優しさで満ちている気がした。

甘い幻想から覚めるのが嫌で、言い訳を口にする。

「今宵は……熱に浮かされておりますゆえ」

「そうか……、そうだな」

レオンは両手で握っていたリリアーヌの手を片方だけで持ち直し、自身の頬に添えられた指先に掌を重ねた。泣き濡れてさえ見える瞳にリリアーヌを映し、僅かに震えた声で言う。

「……リリアーヌ、私はお前を愛さない」

「ええ、知っております」

「愛していない……」

愛さない、愛していないと繰り返す声は切なく、甘く掠れ。むしろ深い愛を告げられているような、束の間の錯覚に溺れかけた。

幻想に浸りきるのが恐くて、関係のない話題が口を突いて出る。

「レオン様は……ダナと仲がよろしいのですね」

「ダナ？　ああ、あの者はカルロスを口説き落とす際に協力してもらった、友でもあるからな」

以前バルコニーで聞いた話を思い出す。

たしかカルロスは元は傭兵団を率いていた者で、戦で刃を合わせたのをきっかけに、レオンに勧誘されたと言っていたか。

だが、あの話となんの関係があるのだろう。まさかダナが、カルロスの傭兵団にいたわけでもあるまいし……と考えていたら、

「ダナはカルロスの妹で、元は傭兵団に属していたカルロスの部下でもあった。ああ見えて、剣を持たせると悪魔よりも恐ろしい戦い方をする」

予想を裏切る形で当たってしまい、大きく目を瞠る。カルロスの妹というのも驚きだが、あの淑女然とした女性が剣を振るうなど誰が想像できるだろう。

冗談ですよねと苦笑すれば、違う意味での苦笑が返ってきた。

「故に私も、ダナには頭が上がらない。恩義を感じているというのもあるが、それ以前に……あれを思い出すとな」

レオンの言う「あれ」が非常に気になったが、聞いてはいけない気もして口を閉ざす。聞けばダナを見る目が変わってしまいそうだ。

頬を引きつらせて苦笑いをしていたリリアーヌは、ふと気がついてレオンの瞳の中を覗いた。

「……そのダナを侍女として私につけたのは、何か理由があってのことですか」

多くの場合、王妃の侍女は貴族の女性が務める。そうならずに戦える力のある者が選ばれた——つまり、武力を必要とする事態を想定しているのではなかろうか、とリリアーヌは推測したのだ。

問われたレオンは、はっとした顔をした後、見慣れた皮肉げな笑みにすり替えた。

「逃げた小鳥をいつでも捕まえられるよう、備えておく必要があるだろう」

意地の悪い言い方に溜息を吐《つ》きつつも、リリアーヌは内心では首を傾げていた。

たかが姫一人を捕らえておくのに、屈強な女戦士を見張りにつけておく必要があるだろうか。ここはアルクシアから遠く離れたキニシスの城だし、他にも衛兵はたくさんいる。すべての監視の目をかいくぐって、しかもエステラを引き連れて逃げるなど不可能だ。

（私に対する見張りではないのだとしたら、どこに対する警戒なのか……）

考えようとしたけれど、熱のせいか、はたまた飲まされた治療薬のせいか、いつの間にか再び眠りに落ちていった……。

6.

いつかを思わせる強い夕の日差しが窓から入り込み、長い廊下に光の階段を作っている。平面にいながら胸が苦しくなるのは、急いでいるせいか、または妙な緊張感のせいか。息が上がるせいで、今日の『階段』は急勾配《きゅうこうばい》に思える。

ドレスの裾をつまんで歩くリリアーヌは、落城の時以来の早足で駆けるように廊下を進んでいた。不気味なほどに静まり返った空間が赤く染まっていると、あの時を思い出していっそう鼓動が速まる。静けさが憎らしく、あえてかつかつと靴の踵《かかと》を踏み鳴らして歩いた。

幾度か角を曲がり、突き当たりにある重厚な扉の前に立つ。上下する肩を宥めながら、開口一番に何を言うべきかと今さらながら迷った。そもそも、自身が焦っている理由もわかっていない。

（……レオンが負傷したからといって、なぜ私が慌てなければいけないの）

熱で臥せっている間、レオンは可能な限りリリアーヌに付き添っていた。「私どもがお世話いたしますので、陛下は少し休まれてください」との侍女たちの言葉も無視して、実に熱心に。

落ち着かない様子は必死にさえ見え、度々リリアーヌを困惑させた。酷い言葉を投げかけながら態度だけは気遣いに溢れているのだから、疑問を覚えるなというほうが無理だ。

その片時も離れなかったレオンが、昨日になって突然いなくなった。

初めは体調がよくなってきたから死ぬことはないと安心したのだろうと思っていたのだが、どうも侍女たちの様子がおかしい。涼しい顔を通していたダナと違い、他の者は皆、どこかぴりぴりとした空気をまとっていたのだ。

ひとたび気づいてしまうと、今度はリリアーヌが落ち着かない気分になった。

なぜレオンはこないのか。

なぜ皆は不自然なほどにレオンの話題を出さないのか。

聞けば心配をしているようで悔しかったが、消化不良なもやもやを放っておくことができず、先ほどついにダナを問い詰めるに至った。

なかなか口を割ろうとしなかったダナは、どうして知りたいのですかとの問いかけにリリアーヌが声を詰まらせた瞬間、なぜかにっこりと微笑んで話し始めた。

曰く、海を越えてやってきた蛮族が西端の街を荒らしているとかで、レオンはその鎮圧に向かったらしい。

王自らが動いたことも驚きだったが、何よりもリリアーヌの呼吸を止めたのは、鎮圧の最中にレオンが負傷したという情報だった。

どの程度の傷なのかと身を乗り出して聞いても、ダナはレオンの帰還を伝え、目を伏せるだけ。

もしや重傷を負って……いやそれ以上の酷い傷なのでは、との想像が頭を駆け巡り――気がつけば身支度も早々に部屋を出ていたというわけだ。

（ここにいるのかもわからないのに、私は何をしているのかしら……）

慌てて出てきたはいいものの、レオンがいる場所を聞いていなかった。というより、いつもは訪れを待つほうだったから、レオンの部屋自体がわからない。とりあえず唯一教えられた玉座の間に向かってしまったのだが、よく考えたら負傷している人間がこんなところにいるわけがなかった。

そんな単純なことすら失念するほど焦っていた自分に驚愕し、扉に添えていた指先が震えた。顔から血の気が失せて、へたり込みそうになる。

違う、これは心配していたわけではない。そうだ、仇が死んだのか知りたかっただけで、むしろ喜びに気持ちが逸って……。

つらつらと並べる言葉が言い訳じみていると薄々はわかっていたが、認めたくなかった。

そうして否定を連ねるのに疲れてきた頃、唐突に扉が開く音がして小さく跳ね上がる。

隙間を埋め尽くすように血の色が広がり胸が騒いだが、見上げた先に穏やかな顔があって、ほっと息を吐く。

真紅の鎧を着込んだ体が、陽気な仕草でリリアーヌを迎えた。

「おお、姫さんか。もう起き上がっても平気なのか？」

「カルロス……。ええ、もうよくなりました」

答えながらも、またそわそわしてくる。

大きな体躯の向こう側が気になっていると、カルロスがにやりと笑んで顎をさすった。さもわかっている顔で、軽く口笛を吹く。

「愛しの旦那様はこの奥にいるぜ」

「い、愛しくありません」

「ふーん？　まあそういうことにしておくさ」

「だから違うと……！」

リリアーヌの必死の否定を軽くかわし、カルロスは手をぷらぷらと振って歩き去ってしまった。

なんとも言えない気持ちで歯噛みしながら、鎧に覆われた背を見送る。

「……リリアーヌ？」

「！　あ、えっと……」

扉に背を向けていたリリアーヌは、隙間から漏れてきた呼びかけではっとする。

このまま走り去りたい気持ちがあったが、敵前逃亡は情けないとの意地もあり、ぎこちなく振り向いた。

ドレスを握りしめていた手が軽く汗ばんでいたのに気づき、ごまかすように手を後ろに回す。そしていかにも平静な様子で、胸を張って室内に足を踏み入れた。

暮れ始めの橙とも紫ともいえない曖昧な光が広い室内の隅々まで染め上げており、昼間とは違う幻想的な雰囲気に思わず見惚れる。床を二分する真紅の絨毯を進んでいけば、頬に微かな風を感じた。巣に帰る鳥の声が澄んで聞こえるから、どこか開いているのかもしれない。

視線を巡らせたリリアーヌは、左の壁側にあるバルコニーへの扉が薄く開いているのに気がついた。

じっと見つめる内、強めの風が吹いて長衣のはためく音が響く。それだけでリリアーヌの心臓は、不思議と速い鼓動を刻み始めた。

「なぜ出歩いている」

接近を拒む鋭い声に、一旦足を止める。息を吸い、意を決して歩を進めた。

「……負傷されたと聞きましたので」

金の格子が美しいガラス扉を開けば、視界いっぱいに壮大な帝都の街並みが広がる。その光景を背に立っていても、少しも存在感が薄れない男――レオンが酷薄《こくはく》な笑みを象った。

「なるほど。仇が負傷したと知り、寝首をかきにきたか」

一陣の風が通りすぎ、外套《がいとう》の内側が露わになる。どうやら左腕を負傷したらしく、上腕部を首からさげた包帯で吊していた。命にかかわる怪我ではないようだが、十分痛々しい。

僅かに滲んだ赤い色に眉を顰め、リリアーヌはゆっくりと近づいていった。

「私はどなたかと違って、寝首をかく卑怯者ではございません」

嫌味で応酬すれば、レオンは思いのほか笑みの質を軽くし、沈み行く夕陽に目先を向ける。

今日は戦帰りで疲れているからか、眼差しにいつもの毒気が感じられなかった。それが寂しげにも見えて、どうしても彼の隣に行きたくなる。

こんなにも落ち着かない気持ちになるのは、きっと白とも黒ともいえない不安定な時間のせいだ。

「だろうな。勇敢なお前が寝首をかくとは思えん」

予想外の評価に首を傾げる。自害することもできない白銀の姫を指して勇敢とは、なんの嫌味だろうか。

目顔で問えば、レオンは息だけの笑いをこぼしてリリアーヌの髪を一房手に取った。そのまま持ち上げ、恭しいと言ってもいい仕草で口づける。

たかが髪に口づけられただけだというのに肌を愛撫された時と同じく体温が上がり、ぞくりとした痺れが走った。

「死ぬのはいつでも、誰にでもできる。何が待ち受けているかもわからない生を選ぶほうが、よほど勇敢だ」

「……貴方に褒められるとは思いませんでした」

「褒めているわけではない、事実を述べただけだ。まあもっとも、私の器としては当然のことだが」

手が離され、自身の銀色の髪がさらさらと流れ落ちていくのを眺める。彼が触れた証が消えていくようだと思った刹那、ずきりと胸が痛んで眉を寄せた。

（きっと熱を出している間に、彼がそばにいるという緊張感に慣れてしまったのだわ。だから急に離れたことで、違和感を感じているのよ……それ以外に、理由などない）

らしくない感傷に支配されている原因を、すべて病み上がりのせいにする。そうしなければ何かを失ってしまいそうで恐ろしかった。

思考が深みにはまる前にと違う話題を探して視線をさまよわせれば、レオンの傷を負った腕に目が留まり、さらに胸が苦しくなる。

血が恐いのではなく、そこから命が流れ出てしまう気がしてぞっとした。そんな想像をしてしまうくらい、国を滅ぼした悪魔を人間として見てしまっている——認識の変化にうろたえ、きつく唇を噛む。

リリアーヌの苦い顔を見たレオンは、それを嫌悪ゆえのものと受け取ったらしく、揶揄《からか》う声で言った。

「姫君は血が苦手か」

「……血が流れるのを好む者がいるとは思えません」

否定して真意を探られたくなかったから、はずれた問いかけをそのままにする。

レオンは軽く鼻で笑い飛ばし、バルコニーの手すりに無事なほうの腕を乗せた。気だるげに体重を預ける様に哀愁を感じるのは、夕陽が見せる幻だろうか。

「そうでもない。たとえば私の腕を斬った者は、さして必要がなくても人を殺《あや》める。その者に限らず、残虐性を秘めた人間はお前が思うよりもずっと多い」

「私は……この世は優しさで溢れていると信じております」

「ふ、その優しさを持たぬ者に犯されたことで少しは学習したかと思ったが、そうでもなかったようだな」

唇を冷笑で歪め、自身を優しくないと言い切るレオン。

以前ならば、迷わず同意しただろう。だがこの城で過ごした日々の中で、リリアーヌは気がついてしまったのだ。

レオンは、一度もリリアーヌに手を上げていない。乙女こそ奪われたが、今思えばその奪われた時でさえ彼の手は優しかった。酷い言葉を投げかけながらも、抱きしめる腕だけは壊れやすいものに触れるように慎重で、気遣いに満ちていた。単純に器として扱うだけならば、無駄で意味のない行動だともいえる。

リリアーヌはためらいながら、それでも言わずにはいられなくて口を開いた。

「……私は、貴方を憎んでいます」

「今さらだな」

「ですが……貴方に人としての優しさがないとは思いません」

は、と息が飲まれたのがわかった。目を逸らさずに言い切ったリリアーヌを、レオンが信じられないものを見る目で凝視している。

大きく開かれた漆黒の瞳に映る自分の顔を、リリアーヌ本人も意外だと思う。想像していたよりも迷いがなく、すっきりした表情だった。

「だからこそ、そうして傷ついてまで戦ったのでしょう」

「……民は私の財産だ。己のものを守るのは当然であって、優しさではない」

ふい、と視線を外したレオンは優しいと評されるのを拒んでいるようだった。

こうも頑なにされると逆に食い下がりたくなり、一歩分の距離を詰めて問いを重ねた。

「被害が自身に及ばないのなら、切り捨てるほうが楽だと思う者もおりましょう。ですが貴方は、ご自分の懐に入れた者を守ろうとする。だからこそ私は不思議なのです……そんな貴方が、なぜ他国を侵略し続けるのか」

距離が近づいた分だけ、レオンの息づかいを微細に感じ取れる。微かに震えた息が、動揺を表しているかに思えた。

普段は意思が強そうな眉が苦しげに歪む。そこに潜む感情を読み取ろうとしたが、顔を背けられて失敗に終わった。

緩やかな風が吹き、レオンの長く艶やかな黒髪が流れる。表情の大半が隠され、唯一確認できる口がぼそりと呟いた。

「……この残酷な箱庭で、優しさを問うことに意味があるのか」

「箱庭？」

なんの暗喩かと顔を傾げる。黒髪に覆われた横顔をじっと見つめていると、また独り言のような声が聞こえた。

「そう。今の世は、ある男が目指した箱庭だ。私はそれを横取りし、質を変えているに過ぎない。優しい世を目指したところで、結局は自己満足だ。故に私は、私の自己満足の犠牲となった民を哀れに思い、償いをしたいと望むのだろう」

どうやら己の心情を語っているらしいとわかるのだが、他人事めいた言い回しのせいで現実感がない。あるいは彼自身も、未だ答えが見つかっていないのかもしれなかった。

光の加減か、彼が泣いているように見えて胸が締め付けられる。憎む男の悲しみに同調するなど愚かしい、そう思いながらも心が揺れるのを止められない。

「では貴方の箱庭とは……何を守るためのものなのですか」

問いに対する答えはなく、薄く口元だけが微笑む。すっと伸ばされた指先がリリアーヌの唇に添えられ、優しく撫でていった。

「レオン様……？」

「私の身を案じたのか、リリアーヌ」

唐突に否定していた本心を言い当てられ、言葉に詰まる。動揺のあまり投げかけていた問いが宙に浮いたままなのも忘れ、あわあわと口を開閉させた。

「と、突然なんですか。別に貴方の身など心配してはおりませんっ」

「ほう、声が詰まるほど案じていた、と。夫冥利につきるな」

「……違います、勘違いしないでください」

にやにやとした笑みが腹立たしい。悔しい。

もごもごと口を動かしながら俯いた途端、不意に足下が暗くなった。レオンの影が重なったせいだと理解する前に体が宙に浮き、短い悲鳴を上げる。

反射的に首に腕を回してしまうと、ただでさえ横抱きにされた状態で密着していたのに、より体を押しつける結果になってしまった。

「な、なにをするのですか⁉」

「戦から戻った夫が妻にすることなど、一つに決まっているだろう」

急に艶を増した声が鼓膜をくすぐり、首を竦める。意図を察して耳まで赤くすれば、その反応を褒めるように耳朶に口づけられた。

「う、腕を怪我しているのでしょう？　こんなふうに抱き上げては悪化しますよ」

「大臣たちが大げさに騒ぐから、一応の治療をしてやっただけだ。切り落とされたわけでもあるまいし、お前まで騒ぐな」

「貴方は怪我を甘く見すぎています」

「お前曰く悪魔だからな、不死身なんだ」

「こんな時だけ都合よく悪魔を使わないでください」

じと目で睨みつけても効果がないのはわかりきっていた。案の定、肩を竦める動作一つで話が切り替えられてしまう。

「そんなことより、体調がよくなったのなら少し付き合え。戦の熱を静めたい……」

いっそ命令であったのなら気が楽なのに、誘いの形をとるから性質が悪い。

不本意だと主張するために、意識して棘のある声を出した。

「……少しで済んだ時などないでしょうに」

「お前が協力的ならば、考えてやらんこともないぞ?」

ほら、やはりしつこくするつもりなのではないか。との文句は口づけで封じられる。

そうして甘く唇を吸われながら、まんまと自室にまで連行されてしまったのだった。

「本当に協力的にされると、拍子抜けするな」

部屋に着いて早々にドレスを剝かれたリリアーヌは、そう言って笑うレオンを半眼で睨みつけた。もっとも、裸で寝台に横たえられた状態では少しも迫力がなかったが。

「抵抗したほうがよろしければ、今すぐひっかいて差し上げますが」

「冗談だ。素直なお前は……可愛い」

「かっ……かわ……!?」

これまで戯れの延長で美しいと褒められたことはあったが、可愛いと言われたのは初めてだった。愛でるような言い方がこそばゆく、そわそわと落ち着かない気分になる。赤くなった顔を背け、信じられるものかと目を閉じた。

そもそも反発してばかりの態度のどこに可愛げがあったのかと問いたい。

「……どうせ、それもご冗談でしょう」

「残念ながら本気だ。冗談であれば、私も心穏やかに過ごせただろうに」

「それは……」

どういう意味だと聞こうとした口が肉厚の唇で塞がれる。けれど吸いついてくる力は弱く、崩れやすいお菓子でも舐めるように慎重に啄《ついば》まれた。

激しい口づけには身を任せるだけだが、こんなにも丁寧にされると、どうしていいかわからなくなる。緩やかに上がっていく息に戸惑えば、ちろりと覗いた舌が唇の皺を一つひとつ伸ばす丁寧さで舐めていった。

くすぐったさに笑みがこぼれた隙を見計らい、するりと熱い舌が侵入してくる。

「ん……ふ……」

「リリアーヌ……」

顔の向きが入れかえられる間に、情欲に掠れた声が頬を撫でる。

そうして彼は、多くを語らない代わりにいつもリリアーヌの名を呼ぶ。切なそうに、苦しそうに――愛しそうに。

そんなものは錯覚だ、と切り捨てられなくなったのはいつからだろう。寝台の中に限らず、彼が名を呼ぶごとに胸に沁み込んでくる、得たいの知れない強い感情。甘い毒のように内側を侵食する熱情は、今やリリアーヌの心をも炙《あぶ》っていた。

明確な形で提示されてもいないのに、感情が引きずられてしまっている……。

溺れる恐怖に抗い、頬の裏側をなぞっていた舌を柔《やわ》く噛んだ。

微かな痛みで細められた瞳を見つめながら、額同士が触れるほどの距離で問う。

「……私を愛さないと言いながら、なぜ貴方はこんな口づけをするのですか」

「ほう、私に愛されたいのか？」

「た、ただ疑問に思っただけで……んんっ！」

また口づけで言葉を封じられたリリアーヌは、逞しい胸を叩いてささやかな反抗を示す。だが深く舌を入れられ、根本をくすぐられる内に、その抵抗も意味をなくした。

力なく敷布の上に落ちた手すら奪われ、一本一本の指が絡み合っていく。完全に動きを封じられると、今度は安心感が生まれるから不思議だ。封じられているのだから仕方ないと割り切って、与えられる愛撫に身を任せるほかなくなる。

けれど今宵は、その感覚にも身を任せたくなかった。任せれば、必死に守っているものを失ってしまう予感がした。

（なぜこんなに、恐いと感じるの……）

レオンが、ではない。彼の熱に違和感を抱かなくなっている己の変化が恐かった。単に慣れたのだとの説明がきかないくらい、彼の熱を肌が求めている。

動揺で長い睫を震わせると、怯えと受け取ったらしいレオンが顔を覗き込んできた。至近距離で見つめられれば不安定に揺れている胸の内まで透けてしまう気がして、固く瞳を閉ざす。

「まだ私が恐ろしいか」

「……ええ、とても。貴方の存在はいつだって私をおびやかす」

すべてをレオンのせいにして逃げるのは卑怯だと、心のどこかが叫んでいる。それを聞こえないふりで、強い口調で言い切った。

するとすこしだけ体を離したレオンが茶化す仕草で首を傾げ、提案した。

「では、今宵はお前が選べ」

「選ぶ？　とは何を……」

「どのように抱かれたいのか、言ってみろ。感覚がなくなるまで愛撫をしてやろうか。それとも、長い時間をかけて内側を味わってやろうか。そうすれば、恐怖は薄れるだろう」

最初はからかっているだけなのかと思ったが、どうやらいたって真剣のようだった。真摯な声音、気遣いに溢れた眼差しが如実に物語っている。

甘やかな響きに鼓膜をくすぐられ、リリアーヌはむしろ泣きたい気持ちになった。

なぜこの人は、器だと言い切りながら愛を感じさせるのだろう。

応えるに応えられない求愛の形は、じわじわと身に食い込む茨のよう。もがけばもがくほど痛みを意識してしまい、やがて痛みに心が囚われる。

ならばいっそ、痛みで息が止まるのを覚悟で抜け出すしかないではないか。

「……痛く、してください」

細々とした声で告げれば、真意を摑みかねる様子で眉が顰められる。

無言の間に耐えかね、今度はレオンの目をまっすぐに見返して懇願した。

「痛くしてください……愛撫もいりません。ただ欲望のままに私を穿ち、快楽など微塵も感じられないほど傷つけてください……」

そうして貴方を、憎んだままでいられるように――ひっそりと、胸の内だけで付け足した言葉。誰にも聞かせたくなかった心の声は、なぜかレオンに届いてしまったようだった。

静かに瞬く瞳は黒いのに、どこまでも澄んで見えて。リリアーヌには計り知れない深さで、すべてを受け入れているかに感じた。

たっぷり数秒の間隔を置いて、どこか悲しげにも聞こえる声が応えた。

「……そうか」

顔を背けたリリアーヌは、軍服が脱ぎ棄てられる衣擦れの音を聞きながら心の準備をした。これから酷く傷つけられるのだと思うと体が強ばったが、この不安定に揺れる気持ちを落ち着けられるのなら構わなかった。

早く、一刻も早くレオンを憎みたい。そう願うこと自体がおかしいのだと気づいていても、もはや他に道が見いだせずにいた。

「脚を開け。望み通り、すぐに穿ってやる」

十分に潤っていない膣を抉られるのは、さぞかし痛いだろう。望んだこととはいえ恐怖で震えが走り、緊張しながら脚を開いた。下肢の間を夜気が撫でて、ひくりと内腿が痙攣する。

「お前は痛い、痛いと苦しみながら、涙を流して私に犯されるのだ……。それが望みなのだろう？」

耳横に落ちてきた唇は恐怖心を煽る言葉を紡いだが、それでもやはり声音だけは甘かった。

「は……はい……」

ぎゅっと瞑った目の上を、柔い感触が通りすぎていく。唇でなぞられたのだと気づいて瞼を上げれば、諌《いさ》めるように掌で蓋をされた。意図的な闇の中、困惑して呼びかける。

「レオン様……？」

「お前は痛み以外、感じる必要がない」

手の感触、状況もまるで違うのに、かつてのルチアーノの声が耳の奥にこだまする。——幸福に包まれたアルクシアの庭園で、見られたくないのだと願った彼。なぜあの時のことを思い出すのかと疑問を覚えたが、すぐにあてがわれた熱杭に意識が奪われた。

こくりと喉をならし、突き入れられる瞬間を待つ。

入り口で感じる男根は既に硬く張りつめていて、質量の大きさを感じさせた。

「っ……」

つぷりと先端が入ってきた時、一気に奥まで穿たれると覚悟していたリリアーヌは息を詰めた。だが……

「ん……レオン、さま……?」

呼びかけに対する返事は皆無で、僅かに埋まった先端が蜜口を擦る。何度も何度も、少し埋めては腰を引き、浅い部分の粘膜を撫でる、という動きを繰り返しているようだった。

根気強く続けられると、粘膜同士が擦れ合ったからか僅かに湿った音が聞こえ始めた。くちゅ、ぷちゅ、と控えめに響くから、余計に意識してしまって恥ずかしくなってくる。かといって、この状態で早く入れてくれと頼むのは、快楽を欲しているようでためらわれる。

そうこう迷っている内に、僅かなぬめりを得た先端が少しだけ奥に進んだ。一番太いところを受け入れる瞬間だけがやや苦しく、通り抜けてしまうとずるずると飲み込むだけになる。

「あっ……」

これでようやく最奥まで……と思いきや、なぜか同じ要領での出し入れが続く。

レオンは張り出した亀頭の部分を蜜口に引っかけては、ぎりぎりのところまで抜いて、また中途半端な浅い部分を擦る。

段階的に大きくなっていく湿った音がいやらしく、いつも以上に濡れていく様を自覚させられた。

徐々に慣らされた膣襞は広げられることに飽き、もっと擦られたがって勝手にうねる。

こんなはずではなかったとうろたえたが、散々抱かれてきた体は既に快楽を覚え始めてしまい、奥のほうが意思とは裏腹に収縮した。こんな中途半端な快楽は嫌だ、もっと奥に突き入れてくれと、誘う蜜を吐き出す。

「いや、いやっ、こんな……っ」

「なにが嫌なのだ？　お前の望み通り、すぐに穿ってやっただろう。まさか愛撫もされずに犯されておきながら、快楽を感じているのではあるまいな」

「え、ええ……感じてなど……んくっ！」

答えている最中、不意打ちのように腰を進められ、思わず甘ったるい嬌声を上げそうになる。

それでもまだ最奥は刺激されず、もどかしさで気が狂いそうになった。

これではレオンの言う通り、愛撫もされていないのに蜜壺を湿らす、いやらしい女のようではないか。

恥ずかしさで唇を噛んでいると、くつくつと笑う声が聞こえ、さらに羞恥心が高まる。

もう濡らしたくないと思えば思うほど内側を意識してしまい、粘膜を擦られる心地よさに蜜が溢れた。

「濡れているように感じるのだが、気のせいだな。まさか白銀の姫ともあろう者が、いきなり犯されて感じる淫乱であるわけがない。……なあ、リリアーヌ？」

「っ、わ、わたくしは淫乱などでは……んぁっ！」

また答えている最中に腰を進められて、今度こそ淫らな声が出てしまう。

はっとして口を引き結んだが既に遅く、夜露のように妖しく艶めいた声が耳孔に吹き込まれた。

「なんだ、今の声は。私はお前の望み通りにしてやっているというのに、勝手に感じているのか……？」

「ち、ちがっ……あっ！」

否定を許さない強さで、ようやく、本当にようやく最奥が穿たれる。硬い先端に子宮口を押し上げられた瞬間、待ちかねていた刺激に内側が激しくわなないた。散々焦らされていたせいか膣襞が異常に敏感になっていて、竿に浮き出た血管の仔細《しさい》まで感じ取ってしまう。

太く熱いものに、限界まで広げられる感覚がたまらなく気持ちいい……。

快楽に素直な蜜口はぎゅっと中のものを締め上げ、もっと蕩けさせてくれといやらしくねだった。

そのどろどろになった蜜壺を抉りながら、レオンが意地の悪い声で聞いてくる。

「否定するのならば、痛いと言ってみろ。ほら、リリアーヌ……ここを抉ると、たまらなく『痛い』だろう……？」

最も感じる場所を執拗に擦られ、目の奥がちかちかと明滅する。強すぎる刺激に思考を溶かされながらも、僅かに残っていた意地で舌を動かした。

「ふぁっ、あっ！　い、いた、いっ……あぅっ！　はあっ、あんっ！　いたいっ、いたい、です……！」

「くくっ、ああ、いい悲鳴だ……。もっと苦しめてやるっ」

言葉尻を内側に刻むように、レオンは勢いよく引いた腰を再度打ちつけた。

大量の蜜が溢れ、派手な音が鳴る。削る勢いで感じる場所を抉られ、汗ばんだ背が大きく反り返った。

「ひぃっ！　あっ、あぁっ……！　いやぁっ、そこ、だめっ、だめ、だからぁ……んあぁっ！」

「っ、こんなに締め付けるとは……よほど『痛い』ようだな。哀れなリリアーヌ、もっと……っ、痛いと泣き叫べ！」

「あぅっ、ひっ、あっ！　い、た……あぁっ、いたい、はあっ、あっ、あんっ！」

皮肉なことに痛みではなく、快感で涙が滲む。

頰を伝った雫を熱い舌が舐めあげ、さらなる涙を誘うように目尻を突かれた。

「よほど苦しいようだな。こんなに涙が溢れている……」

「んっ、あっ、そ、そう……くるし……い、ああっ！」

苦しくて、熱くて、気持ちよくて、何を言っているのか自分でもよくわからない。

ろれつが回らなくなった舌が強く吸われ、解放されたと同時に酷い言葉を投げかけられた。

「ならばなぜ、このように濡らしている？　ぐちゃぐちゃに蕩けきって、うまそうに私のものをくわえこんでいるではないか。……この淫乱めが」

「あっ、ちが、ちがうっ、わたくしはいんらん、なんかじゃ……！」

ぼろぼろと泣きながら首を振れば、今度は真逆の優しさで慰められる。

「ああ、すまない。そうだったな、お前は痛がっているのだった……」

「んっ、んっ、そう、いた……くて……あんんっ！」

体がずり上がるほど突き上げられ、言い訳だか嬌声だか分からない声が漏れる。

「もっとだ……お前の一番痛い場所を抉ってやるから、もっと泣け」

「ひんっ！　あっ、そこ、そこ、は……！　そこはぁっ、あんっ、ふあぁ！」

「ここは『痛い』のだろう……？　こんなに奥が……っ、痙攣して、辛そうだからな……。はあっ、ありがたく、思え……望み通り、苦しめてやっているのだから……」

「んっ、んんっ、そ……そうっ、あっ、いたい、の……いた、くてぇ……あぁっ！」

もう「痛い」も「苦しい」もわからない。ただレオンから言われる内容を繰り返し、激しく全身を震わす。

いたい、いたいと泣き叫びながら、頭の中は快楽でどろどろに蕩けきっていた。

「ああっ、ふあぁっ……！」

とどめのように子宮口が穿たれ、びくんと全身を痙攣させる。

狭まった膣壁に圧迫された男根は驚いたように跳ね上がり、熱い飛沫を最奥に吐き出した。

「くっ……！　っ、はあ、はあ、はあ……リリアーヌ……」

「ん……ふ……」

目を覆われたまま、執拗な口づけを受ける。視覚が封じられているせいか、中で痙攣するものの動きを詳細に感じ取ってしまい、いかに多くを注がれたか思い知った。

「はあっ……あ……」

口が解放されたのと同時に手が外され、視界も自由になる。

ふとレオンがどんな顔をしているのか気になって目を細めると、視線から逃げるように顔が背けられた。そのまま唇が肩に落ちて、ゆっくりと伝いのぼる。

「あっ、いや……」

愛撫する唇が古傷の上をなぞった時、反射的に身を捩る。以前は気にしてもいなかったというのに、どうしてだか今はレオンに傷を見られるのが嫌だった。

傷を誇りに思う気持ちは変わらないけれど、彼の目にどう映るのか気になってしまう。

「この傷を恥じているのか」

早速の質問に肩を竦める。むしろどうして今まで聞かれなかったのか不思議でもあったが、ただの器には興味がなかったのかもしれないと納得する。

（だけど、どう答えたものかしら……）

恥じていないと答えれば、理由を答えなければいけない。そして恐らく、その理由はレオンを不快にさせるだろう。

どうしようかと黙していると催促の甘噛みをされ、仕方なく口を開く。

「……いいえ。これは幼い頃、我が婚約者ルチアーノを獣から守ったことで負った傷。誇りに思いこそすれ、恥じたりはいたしません」

傷を負った頃は幼かったが、当時の光景は正確に思い出せる。

リリアーヌが十になった日に開かれた、城での盛大な宴。その時、見世物として連れてきていた獣が脱走したのだ。獣は近くにいたルチアーノに狙いを定め、牙をかけようとした。周囲に衛兵はおらず、守れるのは自分だけ。リリアーヌは考える前に飛び出し、両手を広げ――気がつけば、ルチアーノの代わりに噛まれていた。

今から考えれば、かなりの自殺行為だ。生き残ったのは完全に運が良かったとしか言いよう

がなく、生還は「白銀の姫の力がもたらした奇跡だ」と称えられさえした。

(単に悪運が強かっただけだけれど……)

言い終わったリリアーヌは、レオンが不機嫌になるのを覚悟して溜息を吐いた。交わった直後、しかもレオンのものが未だ中にある状態で語る話ではない。他の男を守ってできた傷だと判明すれば、レオンも一部貴族がそうであったように、汚らわしいものを見る顔で眉を顰めるに違いない。

そう思ったリリアーヌは、意外なほど感慨深い声を聴いた。

「なるほど。それではこの傷は、お前にとっての勲章というわけだな」

「え……」

今、レオンはなんと言ったのだろう。

信じられない気持ちで固まっていると、顔を上げたレオンがゆっくりと、氷が溶けるような柔らかさで微笑んだ。

「……やはり、お前は勇敢だ。白銀の姫としての威光がなくとも……すべての男は、その強い愛の前にひれ伏すだろう」

「レオン様……」

衝撃の一言だった。厭われなかったばかりか賞賛されるとは、露ほども予想していなかったのだ。

ずっと大切に思ってきたものを受け入れてもらえたからだろうか……爆発的な勢いで喜びが広がり、大粒の涙がぼろりとこぼれる。

「なぜ泣く。これは嘘ではないぞ？」

喜びと同時にわく、憎らしさ。愛していないくせに優しく笑うレオンが、憎らしくてたまらない。

「わかっております。貴方は、無用な嘘はつかない……」

一瞬、聞いてしまいたくなった──その「すべて」の中には貴方も含まれているのですか、と。

開きかけた口から音が漏れる前に、我に返って奥歯を噛む。

なんと愚かしいことを問おうとしたのだ。これではまるで、レオンに愛されたがっているみたいではないか。

(違う……そんなわけがない……、そんなわけが……)

けれど否定した分だけ胸が苦しくなって、ずきずきとした痛みが大きくなる。

(仇になど、惹かれるわけがない……)

涙を流し続けるリリアーヌの頬に、温かな掌があてがわれる。交わった後だからか、やけに高い体温が肌に沁みた。

ああ、この手が氷よりも冷たければ、人心を惑わす悪魔だと罵れたのに。それすらできないから、ただ己の愚かさを思い知るほかない。

「今その婚約者に逢えたら、お前は幸せか？」

「……可能性のない未来を語るのは、残酷ではありませんか。アルクシアも、私が愛した婚約者も……すべては遠く、二度と目にすることはない幻です……」

あの愛しき日々には、二度と手が届かない。すべては滅ぼされてしまったのだから。

「……果たして、そうだろうか」

との呟きは衣擦れよりも小さく、レオンの心情を推察することは叶わなかった。だからこの時のリリアーヌには、まったく想像できなかったのだ。

——まさかその言葉の意味を、数日後に身を以って体感するとは。

7.

久しく耳にしていなかった波音に混ざって、こーん、こーんと木槌《きづち》が杭《くい》を打ち込む音が聞こえてくる。海辺の清涼な空気のせいか、その響きは聖堂の鐘の音色を彷彿とさせた。

音が吸い込まれていく澄んだ空とは裏腹に、リリアーヌの心中は混沌としていた。掌に馴染んだ窓枠の感触を確かめながら、ぼそりと呟く。

「まさか、本当にアルクシアに戻れるなんて……」

そう、今リリアーヌがいるのは、二度と帰れないだろうと諦めていた故郷の城だ。夢でも幻でもなく、紛れもないアルクシアの地に立っている。

未だ信じられない気持ちで瞬きを繰り返すが、何度瞼を落としても景色は消えない。真っ青な空と、どこまでも広がる水平線。波に乗った視線が崖下まで辿り着けば、生え出した樹木のごとく聳え立つアルクシア城の、堅牢な基礎が見えた。

記憶と寸分違わない光景が逆に悲しくて、きつく唇を噛む。

もうこの城には、父王はいない。親しかった侍女も、衛兵もいない。

城はキニシスの手によってだいぶ修復されたようだったが、大事なのは外見ではなく、中にあったものだ。外見ばかりきれいな入れ物は、聖夜の贈り物で空っぽのお菓子箱を渡されるのと同じくらい空しく、寒々しい。

故郷に帰りたいと心の奥で願い続けてはいたが、いざ目の前に現実を突きつけられると、思っていた以上に重苦しい気持ちになった。

鬱屈した気分を溜息とともに吐き出し、それにしても、と意識を切り替える。

(理由があったとはいえ……どうしてレオンは、同行を許したのかしら)

レオンが征服先のアルクシアに視察に行くと聞いたのは、エステラといつものお茶会をしていた時のことだった。

「……やはりお姉さまは、もう気づいているのですね。だからそのように考え込んでいるのでしょう?」

アルクシアに帰還する前の、穏やかな昼下がり――琥珀色の液体が紅茶であると忘れるくらい、ぼうっとティーカップの中身を見ていたリリアーヌは、唐突に元気をなくした声に顔を上げた。

アルクシアの庭園を思わせる東屋の中、テーブルを挟んだ向かい側にはエステラが座っている。さきほどまで楽しそうに話していた彼女が、なぜ突然気落ちしたのかわからず、少し慌てて姿勢を正した。

レオンと最後に交わってからというもの、リリアーヌはずっとこんな調子だ。なんとなく心がふわふわとして、かと思えば苦しくなったりと落ち着かず、度々意識がここではないどこかで漂っている。

心ここにあらずの理由を自分でも知っている気もするのだが、認めるのは嫌だと、同じところで堂々巡りをしている状態。——ダナ曰く「女性が誰しも患う病」は、一秒ごとにリリアーヌの内側を蝕んでいるかに思えた。

こんなにも熱く、苦しく、身悶えるような感情を、リリアーヌは知らない。レオンの顔を思い出す時、必ずその得たいの知れない感情が湧き出てきて、どうにかしろとせっつくのだ。

正体不明の胸苦しさを唾と一緒に飲み下し、努めて穏やかな声で問いかける。

「どうしたの、エステラ？　私が何に気づいているというの？」

話しやすいよう優しく問いかけたつもりだったのだが、エステラは怯えるような素振りで目を伏せた。小さな頭を弱々しく振り、膝の上に置いていた手でドレスを握りしめる。

(何か言いにくいことがあるのね……)

急かしては話しづらくなるかもしれないと思い、根気強く待ち続ける。

すると彼女はドレスを握りしめた手をぶるぶると震わせながらも、決意した面持ちで顔を上げた。

「……ごめんなさい、お姉さま。エステラは、フェルナンド様を愛してしまいました」

「え……」

あらゆる予想の斜め上をいく告白に、驚き以外の反応ができなくなる。口を開いた間抜けな顔のまま固まっていると、エステラの瞳からはぼろぼろと大粒の涙がこぼれ始めた。

彼女の嗚咽で我に返り、違うのだと首を振る。

「私は貴女が幸せなら、それで構わない。貴女の心は貴女のものなのだから、私に気を遣って恋心を捨てる必要はないわ」

「でもっ……でも、お姉さまがお辛い日々を過ごしているのに、私だけ幸せを感じてしまうなんて……エステラは、国もお姉さまも裏切ってしまった大罪人です……っ」

そう声を震わせながら、エステラは事の顛末《てんまつ》を語ってくれた。

どうやらあの初めて出会った日から、二人は幾度かお茶を共にしていたらしく、その内に彼の一生懸命な様子に惹かれていったのだという。一方のフェルナンドもまたエステラに恋をしているのだと、少し話を聞いただけでもありありと伝わってきた。

そういえば最近、痩せすぎなくらいだった妹が健康的な体型になってきたなと思っていたが……理由は彼が毎日運んでくるショコラにあったようだ。

思えば最初から、彼はエステラに見惚れていたような素振りがあった。きっとあの時に一目ぼれという恋に落ちたのだろう。

納得して笑みを漏らすと、エステラの頭が勢いよく下がった。長い銀色の髪が地につくほど腰を折り、何度も謝罪を繰り返す。

「ごめんなさいっ！　ごめんなさい、お姉さま……」

「エステラ……」

手放しで喜べるかと問われると、確かに答えがたいところがある。エステラには幸せになってほしいが、フェルナンドは故国を滅ぼした男の弟だ。どうしても複雑な心境にはなる。加えて言うなら、白銀の姫としては「正しくない選択だ」と諌《いさ》めるべきかもしれない。

けれど国が滅んで時が経った今、リリアーヌはこう思うのだ。

(国のしがらみに捕らわれるのは、白銀の姫である私だけでいい……)

聞く人によっては、それすらもただの自己満足だと言うだろう。心の中で抗ったところでどうにもならないのに、なぜ屈服してしまわないのかと、嘲笑うことすらするかもしれない。

そんな成果の得られない抵抗に、可愛い妹を付き合わせるつもりは毛頭なかった。幸せになれる道があるのなら、アルクシアの姫という意識を捨ててでも選び取るべきだ。亡き父王とも、エステラを幸せにすると約束したのだから。

自身の決意を再確認し、静かに立ち上がってエステラの横に移動する。そしてしゃくりあげる細い体を抱きしめ、銀色の髪を撫でながら言い聞かせた。

「罪人などどこにもいないのよ、エステラ。貴女の一番の使命は、幸せになること……。そのほうが天のお父様も、私も喜ぶわ」

「……ですが、やはりアルクシアの姫としては、この心は間違っていると思うのです」

「そう言う者もいるかもしれない。けれど……」

エステラに向けての言葉が、なぜか己の胸にも突き刺さってくる。この先を口にするのは危険だと、頭の片隅で『白銀の姫』が警告していた。

(なぜ私は……この言葉を、恐れているの……)

風が通りすぎ、そのひやりとした感触で額に冷や汗をかいているのを知る。心臓は早鐘を打ち、唇はわなわなと震えていた。

言いたくないと逃げ出したくなったが、エステラに不安そうな顔で見上げられると、口を閉ざしているわけにもいかなくなった。ここで逃げれば、エステラの気持ちが罪だと思っているのと同じ結果になってしまう。

だから言わなければ。認めなければ。

焦燥感に押し出された声は掠れ、泣いているかのように震えていた。

「一度、人を愛してしまえば……その心は捨てようと思って捨てられるものではないわ。辛くても、貴女は自分自身で選ぶしかない……。愛か、アルクシアの姫としての立場か……」

言い終わった瞬間、盛大な崩壊の音が頭の奥から響いてきた。

そうしてすべてが崩れ去った後に残った感情に愕然とし、立ち尽くす。

（私は、レオンを……）

――レオンを、愛してしまっている。

顔を思い出して落ち着かない気分になるのも、胸が騒ぐのも……すべては、レオンを愛してしまったから。

ずっと否定していた真実が刃となり、自らの胸に突き立てられる。その痛みに呻きそうになり、とっさに下唇を噛んだ。

庭園を吹き抜ける風が木々を揺らしていたが、すべての音が遠くに聞こえた。

「お姉さま……？」

「だ……大丈夫よ、大丈夫。貴女は何も心配しなくていいの」

落城の日もエステラを抱きしめて大丈夫と繰り返した。けれどあの時とは違う意味で、嘘をついている。少しも大丈夫などではない。白銀の姫だけは仇を憎んでいるべきだったのに、愛してしまったのだから。

頭の中が混乱し始め、情けなくも泣き崩れてしまいそうだった。歪んだ顔を見られたくなくて、エステラの頭を深く抱き込む。

少しすると、腕の中からくぐもった声が上がった。

「ですが私は、それでも謝らずにはいられないのです。だからこの視察では、お父様のお墓の前で謝罪したいと思っています……」

「視察?」

また予想だにしない単語が飛び出してきた。リリアーヌは首を傾げ、抱えている頭に視線を落とす。

姉の怪訝な声に、エステラはそろりと目を上げて付け足した。

「近い内に、レオン様がアルクシアへ視察に行かれるそうなのです。……私はフェルナンド様からそう聞いたのですが、お姉さまは何もお聞きになってはいませんか?」

「え、ええ、何も」

(アルクシアへの、視察……?)

それが本当だとしたら、なぜレオンは黙っていたのだろう。言えば「ついて行く」と迫るとでも思ったのだろうか。

実際、そうしたに違いないが、自分一人にだけ隠されていたようで面白くない。

「ごめんなさい、もしかして私、余計なことを……」

「いいのよ。隠されていたことくらいで怒ったりはしないわ。あの方はそういう方だもの」

(きっと、たかが器に説明する必要はないと思ったのね。いつものことだわ)

と強がってはみたものの、気持ちを自覚した後だからか、いつも以上に胸が痛む。そんな調子だったから、腰を下ろした後も胸の内のもやもやは治まらず……。

結局はエステラと別れた足で、そのまま玉座の間に向かったのだった。

心が逸り、長い廊下を突き進む。

扉の前に辿り着くと大きく深呼吸をして、思い切って両開きの扉を開けた。

「……レオン様、今少々よろしいでしょうか」

ダナに聞いてレオンがここにいるのはわかっていたから、先日よりも心構えができていた。聞いたところ、今は謁見の直後で丁度時間が空いているらしい。それでも忙しいと断られる可能性を考えて、覚悟だけはしておいた。

広大な部屋の中央に延びた赤い絨毯を踏み進んでいく途中、窓から入ってきた葉が髪を撫でていく。ひらひらと舞う葉は珍しい形をしており、なんとなく気になっていたら、

「お前の愛を差し出せば、私もまた応えるだろう」

低く澄んだ声が響き、小さく肩が跳ねる。早速内心を見破られたのかと冷や汗を浮かべながら、音の出所――バルコニーへと続く窓の前へと視線を走らせた。

身の丈ほどもある窓はたくさんの陽光を取り込み、大理石の床に白い舞台を作っている。淡く照り返す様は幻のごとく儚い印象で、そうした舞台の中央で佇む美丈夫は、役者さながらの仕草で手を伸ばした。と見えるのは、彼が美しすぎるせいだろう。黒と白のコントラストが、彼の印象をより鮮明にしていた。

何度も間近で眺めてきたはずなのに、今さらのように見惚れる。うるさいくらいに拍動して

いる心臓を宥め、微かに震えた声で問うた。

「……どういう意味でございましょう」

レオンは息だけで笑い、緩やかに首を傾げる。差し出していた掌をひっくり返し、人差し指だけを伸ばした。

「その葉を持つ木は、キニシス中央部にしか自生していない珍しい種でな。春になると、まるで光が生まれ出でるように大量の白い花をつける」

指し示されたところを見下ろせば、先ほどの葉が毛先についていたらしく、はらりと落ちていった。

違う話題になったのかと困惑する一方で、気持ちを見破られていなかった安堵で息をつく。

しかし直後、レオンの口端が意味ありげに歪められて、また胸の内に細波《さざなみ》が広がった。

「だが、少々気難しい木でもあってな。その年に花をつけるつけないは、天候に大きく左右される。故に国外に売りつけようとした商人たちは、木を『愛しき姫』と称して大切に運んでいった。そうした努力があったからだろうな……白い花が咲くと、商人たちは決まってある歌を歌ったらしい。……愛しき姫からの言葉として、だ」

話す声に被さって、レオンの革靴の踵が硬質な音を立てる。距離が縮められていく間、リリアーヌは魔法でもかけられたかのように動けなかった。言葉の先が異様に気になり、耳がそばだつ。

『お前の愛を差し出せば、私もまた応えるだろう』……商人たちがつけた歌の名であり、今では花言葉でもある」

言いながら、レオンは背を屈めて床に落ちた葉を拾い上げた。茎がついた端の部分をつまんで持ち、顔の前でくるりと回す。回転する葉の向こう側では黒い瞳が細まり、リリアーヌの視線を絡めとった。

「皮肉だと思わないか」

「何がでしょう」

「愛を差し出しても決して応えぬ姫に、この葉がついたことだ」

愛を差し出さないのはレオンのほうだというのに、何を言っているのか。一人だけ責められている気がして、悔しさで眦《まなじり》がつり上げる。いいように心を弄ばれているようで悲しくもあった。

「まるで自らの愛を既に差し出したような言い方ですね」

すぐに言い返してくるかと思ったが、レオンは笑みを落とし、切れ長の双眸をゆっくりと瞬かせただけだった。

真意を読ませない無表情に不安になり、感情の機微に触れようと瞳の奥を注視する。

けれど入り込もうとするリリアーヌを拒むかのごとく、レオンは長い外套を翻して背を向けた。

「……忘れたのか、私はお前を愛さない。決してだ」

そんなに強く言い切る必要があるのか、と糾弾《きゅうだん》したくなる頑なさだった。数えきれないくらい抱いておきながら、よくも「決して」などと言えるものだと頬を張りたくなる。

けれど、リリアーヌは怒りに肩を揺らしながらも、どこかほっとしてもいた。

こんなに酷い男なのだから、先ほど感じたレオンへの愛もきっと気のせいだったのだろう。もしそうでなかったとしても、一時の気の迷いや錯覚だ。ああ、良かった、これで仇を憎み続けることができる……。

眦をつり上げる一方で、口元にはつい安堵の微笑みを浮かべてしまう。ぐっと拳を握り、レオンの前に回り込む決意を固めた。

さあ、今すぐこの傲慢な男の嘲笑を見て、まやかしの恋心を終わらせよう――

「……ここに来たのは、視察の同行を願いにきたのだろう」

勢いをつけて前に回り込んだ瞬間、リリアーヌは息を飲み、言葉をなくした。

(この人は……)

この人は、今己がどんな顔をしているか知っているのだろうか。いや、恐らくは気づいていない。そうでなければ、こんな――すべてを諦めたような、哀しみに耐える目をするわけがなかった。

(なぜ……なぜ貴方がそんな顔をするの?)

酷いことを言われているのはリリアーヌのはずだった。なのにレオンのほうがよほど傷ついた顔をしている。

動揺で息が詰まり、なかなか返答ができない。レオンの哀しみの理由を考えるので頭がいっぱいになり、用意していた懇願の言葉がすべて飛んでいってしまった。

これで憎めると安心するはずだった場面で、切なさに押しつぶされそうになっている。

「え、ええ。ですが、貴方はどうせだめだと言うのでしょう？」

やっと出てきた声は懇願というより確認に近くて、そんな自分に辟易する。こんな調子では最初から断られたも同然だ。

言い終わったと同時に諦めかけたリリアーヌは、すぐに返された次の言葉にぎょっとする。

「構わん」

「……今、なんと？」

「構わん、と言った。どうせお前が子を成した後には、あの城に戻ってもらうつもりだったからな」

「戻、る……？　ど、どういう意味、ですか？」

あまりの衝撃で言葉が切れ切れになる。

レオンはそんな状態を嘲笑うこともなく、リリアーヌの混乱とは対極の、落ち着き払った声で答えた。

「そのままの意味だ。土地を征服したとて、象徴に支えられていた民は御しがたい。ならば形だけでも、その象徴にいてもらったほうが助かる。正式な委任はまだ先だから、同行するのならば今回は仮の帰還となるが……いずれお前には、一領主としてアルクシアを治めてもらう」

不意にレオンの眼差しに王の威厳が加わり、自然と察する。この言葉には偽りがない、真実を語っている目だ……と。

だからこそ信じられなくて、リリアーヌは正気かとの呟きを意図せずこぼしていた。

「異国同士の王と女王が婚姻という形で手を結ぶのは、珍しいことでもない。お前と婚約者がそうであったようにな」

呟きに返されたことで、内心を吐露《とろ》してしまっていたのに気がつく。はっと我に返り、言葉を理解するにつれ、津波のごとく絶望感が押し寄せてきた。

囚われているだけの状態よりも遥かに良い環境になるのだから、本来ならば喜ぶべきだろう。だがレオンに対する感情を僅かなりとも認めてしまった今は「子供さえ生まれれば、あとは使用済みの道具だ」という宣告に聞こえた。

千々に引き裂かれた胸の奥が、大量の血を流す。心から流れ出た血の多さで死ねる気がした。

（やはり私は、レオンにとってその程度の存在でしかないの……？）

無様に痙攣しそうになる頬を意思の力で無理やり押さえ込めば、ほとんど無表情になってしまった。その顔のまま、平坦な声を出す。

「……遠く離れれば、監視の目をかいくぐる術がございます。私がネブライアの王と結託し、貴方を滅ぼすとは思わないのですか？」

「子が生まれれば、その子を守るために何をするべきか悟るだろう。お前は守るものがあったほうが、強くなる女だ」

「今の私は何も見えていないと？」

「あるいはそうかもしれんな。だが間違った道だとも思わない」

謎かけめいた言い方に頭が混乱してくる。

この人は、一体何を悟らせたいのだろう。もしくは、何を隠しているのか……。

リリアーヌの問う眼差しに背を向けたレオンは、玉座に向かって歩いていき、少し疲れた様子で腰を落とした。

リリアーヌは僅かにためらってから後を追い、座したレオンを見下ろす。

「貴方にとって、私はただの器なのですね……」

「だから、最初からそう言っているだろう。私はお前を愛さない」

こちらに向かって伸ばされた手は、残酷な言葉とは真逆の、優しい仕草でリリアーヌの腕を撫で下りる。やがて手首にまで到達した指先が離れたかと思ったら、次の瞬間に強く握られた。

驚いて身を引く前に、ぐいと引き寄せられる。

「っ!?」

均衡を崩した体が座したレオンの上に落ちると、すかさず抱き直されて、膝の上に座る格好となってしまった。

抵抗を禁じる長い腕が、酷く大切なものを守るようにリリアーヌの体を包む。

「愛していない……」

囁く声は切なく、甘く掠れ、鼓膜から身を侵していく呪いとなる。

(本当に、呪いのよう……)

だから語られてもいない愛に、応えなければいけない気持ちになるのだろう。応えたい、と願ってしまうほどに。

「貴方の愛を差し出せば、私もまた応えるでしょう……」

ほんの僅かに、レオンの腕がびくりと震えた気がした。その腕に手を添え、ゆっくりと目を上げる。漆黒の瞳の奥で揺れる感情を摑み出してしまえたら良いのにと思いながら、間近で見つめた。

「……その花が、私もほしいです」

時間差で付け足す。

レオンはほっとしたような、切ないような、曖昧な笑みを浮かべて顔を寄せた。

「くれてやろう。愛以外ならば、何でも……」

ふわりと重なった唇が、また酷い言葉を運んでくる。反して擦れ合う感触は優しく、ささくれだった心を癒した。

——それが、アルクシアへの帰還を果たすに至った、事の顛末。

（レオンは本気で、私をアルクシアに帰そうとしているのかしら……）

手放される悲しさに身悶えては、それでいいのだと無理やり納得する。けれど少しすると、また胸の痛みがぶり返して……の堂々巡り。

気分を切り変えたくて眼下の海に視線を落としてみても、寄せては返す波がどちらにも進めない己を表しているかに思えて、さらに憂鬱になってしまった。

そうして盛大な溜息を吐きかけた時、控えめな扉を叩く音がして口を閉じる。

レオンだったらどうしよう。まだ心の準備ができていない。

今さら慌てるのもおかしな話だが、長らく甘い回想に耽っていたせいで余韻から抜け出せていなかったのだ。

顔を見れば頬を赤らめてしまいそうで、好意を表に出してしまわないかと不安でならない。

騒ぐ心臓をどうにか宥めようと、鏡の中の姿を入念に確認した。問題がないと判断してから、扉の外に向かって声をかける。

「……どうぞ」

心の中で身構えていたリリアーヌだったが、そろりと覗いた紫の双眸を見て肩の力を抜く。

「お邪魔でしたでしょうか」

「エステラ……。いいえ、貴女が邪魔な時など、これまでもこれからもないわ」

苦笑して室内に招き入れる。思えばレオンがあのような控えめな扉の叩き方をするわけがなかったのに、誤解をしてしまうとは馬鹿なものだ。恋心とやらに正常な判断能力が蝕まれている。

未熟さを恥じていると、歩み寄ってきたエステラが気遣いを感じさせる目を上げた。

(エステラは私の気持ちをわかっているのかもしれない……)

キニシスより出国したばかりの頃、エステラは「私のことで悩ませてしまって、ごめんなさい」と申し訳なさそうにしていたのだが、道中のリリアーヌの様子で、どうも違うと察した様子だった。だが本人の口から聞く前に問いかけては、責任感の強いリリアーヌを追いつめてしまう可能性がある、と思っているのだろう。察している節を見せながらも、何も言わずに傍にいてくれた。

「お姉さま、せっかく戻ってこられたのですし、久しぶりに緑の迷宮を歩きませんか」

滝にいたるまでの、緑の迷路。迷いがあると取り込まれてしまうといわれた庭園が、つい昨日見たもののように瞼の裏に蘇る。

(でも、あの場所は……)

懐かしさに胸が熱くなる一方で、果たして帰ってこられるのかという不安が過ぎる。おとぎ話とはいえ、迷いだらけの心を抱えた今は、避けて通りたい場所でもあった。

「ごめんなさい、まだお疲れですよね。それではお部屋の中でお茶でも飲みませんか。私、おいしい焼き菓子を持ってきましたの」

一瞬の沈黙を見逃さず、エステラはさりげなく提案を下げた。微笑み、すかさず違う話題へと移ろうとする。

リリアーヌは彼女の気遣いを無駄にしてしまったことが申し訳なくて、すぐに首を横に振った。

「大丈夫よ、お庭に行きましょう。私も久しぶりに、あの場所を歩きたいわ」

変化に臆してばかりではエステラは守れない。姉としてもっとしっかりしなくては、と背筋を正す。

そして本当に大丈夫かと不安を顔に出したエステラの手を取り、庭園へと歩き出した。


朝の光を孕んだ植樹が隙間なく並ぶ様は壮麗だ。遠目に眺めた緑の迷宮は、さながらおとぎ話から抜け出てきた幽玄の谷のごとく息づいている。風が通り抜けるとざわざわと声を発し、侵入する者の心を惑わせる。

「久しぶりにくると、この庭園が特異なものだとわかるわ」

すべて焼かれているかと思ったが、城の被害に比べたら微々たるものだった。ほとんど以前と変わらない様子で残っている。

「そうですね、お姉さま」

エステラは相槌《あいづち》を打ちつつ、リリアーヌと繋いだ手をぎゅっと握った。

（ありがとう、エステラ……）

手を繋いで歩いたのは、仲の良さだけが理由ではない。一旦離そうとした手を、エステラが「私が迷うかもしれないので」と言って握り直したのだ。それが言葉通りでないと、リリアーヌは知っている。

エステラは繊細だが、一度思い切ると最後まで貫く強さを持っている少女だ。あの落城の夜、姉を守ると決めたらカルロス相手でも突進していったように、軸がぶれない。だから父王の墓の前で謝るとまで言わしめた愛を、後悔するわけがなかった。迷いがないのに手を離さなかったのは、むしろリリアーヌの心情を察しての優しさだ。

「エステラのほうが、白銀の姫に向いていたかもしれないわね……」

毅然と前を向いて歩いていたエステラを見ながら、つい呟く。

すると顔を上げた彼女は数秒間瞬きの回数を減らし、じっとリリアーヌの瞳を覗いた。何かを集中して考えていたのだろう、しばらくすると相変わらずの愛らしい、だがどこか重々しくも聞こえる声で言った。

「迷うのは強いからです。史上の英傑《えいけつ》たちも、潔いと言われる決断を下しながら、きっと心の奥では迷い続けていたのでしょう。だからこそ彼らはあらゆる判断ができる幅を習得し、あらゆる人間たちの指針となれた。……お姉さまもそうです。絶望的な環境において、諦めも、死による抵抗も選ばないのは、弱い私からは考えられません。どちらかに心を決めてしまったほうが楽ですから。そうしないお姉さまの強さを、エステラは敬愛しています」

すべてを見通しているような台詞に胸を突かれる。口を開ければ嗚咽が漏れてしまいそうで、繋いでいた手をただぎゅっと握りしめた。

本当に、エステラが生き残ってくれてよかった。父王の判断に改めての感謝をする。

感激で声を発せないリリアーヌに代わり、エステラは明るい調子で話を切り替えた。

「そういえばお姉さまは、どうしてこの庭園で迷わなくなったのですか。私はだいぶ大きくなっても、迷っていました」

リリアーヌは微笑み、青々とした迷宮の奥へと目先を向ける。滲んでいた涙を忙しない瞬きで拭ってから、エステラに合わせた軽やかな声を出した。

「実はね……反則をしていたのよ。とびきりの反則をね」

「お姉さまが、ですか？」

信じられない、といったふうに目を瞠られ、くすくすと笑う。ひとしきり笑った後は、とても懐かしい気持ちで枝葉に触れた。

「ええ、そうなの。私があんまりにも迷うものだから、心配したルチアーノが内緒で印をつけてくれたのよ。私たち二人にしかわからないような、秘密の印をね。たとえばここ……」

説明する声が途中から小声になったのは、恐らくは離れたところでダナが見張っているからだ。二人にしてほしいとお願いしても、彼女がレオンの命令でついてくることはわかりきっていた。

潜められた声で事情を察してくれたのか、エステラは目の動きだけで示された場所を確認する。この秘密を他人に知られるのが嫌なのだと理解してくれたようだった。

「もしかして、この傷ですか？」

「ええ。同じような印が滝の前まで続いているの。途中には秘密の抜け穴もあるのよ。ああ、もちろん大人になった後は、これを見なくても辿り着けるようになったけれど」

「お姉さまがそんなことをしていたなんて……」

「幻滅した？」

「いいえ、なんだか安心しました。いつでも気を張っているように見えていたので、少しは羽を伸ばせていたのかな、と。他にもあるのですか？」

ひそひそとした会話は、すべて風が隠してくれる。だからリリアーヌは安堵して次の印にまで移動することができた。

「そうね、次は……こ」

ここ、と言おうとした口が薄く開いたままになる。示そうとした場所を凝視し、訝しむ顔で眉を顰めた。

（これは……）

丁度印がつけられていたところに、薄茶色の紙が結ばれていた。だいぶ前に結ばれたのかと思ったが、よくよく目を凝らすと紙の質は新しく、もともとその色で作られたようだった。同系色で目立たないから、特別な理由があって注意していない限り、見過ごしてしまうだろう。

（もしかして……）

予感が鼓動を速め、一気に緊張感が高まる。リリアーヌは全神経を使って何気ない仕草を装い、葉に触れるふりをして紙片を手に取った。ばれないよう、片手のみで苦心しながら静かに広げる。

「っ!?」

薄茶色の紙片の中央に視線が釘づけになる。悲鳴じみた声が上がりそうになり、慌てて息を飲み込んだ。

ちらりと目だけで確認したエステラも、動揺に息を飲む。それから慎重さを感じさせる速さで、ゆっくりと、抑えた音量で確認した。

「……ルチアーノ様の文字ですね。しかも、最近結ばれたもの」

声は発さず、小さく頷く。書かれていた文字を頭の中で復唱した時、様々な感情が胸中でせめぎ合った。

——二人だけの秘密の抜け道を憶えているね？　あの場所で、君を待っている。必ず私が迎えに行くから。

紙に書かれた文字がルチアーノの声で再生されて、いっそう鼓動が速まる。どうするべきかと考えたが、それ以前に彼の身が心配になった。この手紙通りだとすれば、既に城内のどこかに潜伏している可能性が高い。もし見つかれば、アルクシアと同盟関係にあったネブライアの王である彼は、間違いなく囚われるだろう。最悪の場合、処刑されてしまうかもしれない。

（ルチアーノ……貴方、なんて無茶を……）

危険を冒して救いにきてくれた心を嬉しく思いつつも、胸中は複雑だ。この身はもはやルチアーノの婚約者にふさわしいものではなく、しかも心までレオンに奪われてしまっている。

（……だけど会うとしたら、今しかない）

こうなったらどんな決断を下すにしろ、とりあえず合流しなければいけない。もしリリアーヌが来るまで待っていたら、余計に彼の身が危うくなるからだ。

リリアーヌとエステラは目で互いの意思を確認し、ぎこちない微笑みの仮面をつけて頷き合う。

そんな調子で、内心では四苦八苦しながら淑女然として歩いていたが、迷宮の角に差し掛かった瞬間——

（こっちよ、エステラ）

視線で導き、植え込みの中に手を入れる。

草をかき分けた奥には朽ちた木材を使った衝立があり、それをずらすと子供の頃にルチアーノが秘密で作った抜け穴が現れる。ここを通ると迷宮を短縮化できる上に、城の裏手にある排水用通路にも繋がっていて、そこから外に出られるのだ。子供の頃、勉強から逃げたかった時は、よくこの穴を通って先生から逃げ出した。まさかその穴を、こんな用途で使うことになるとは思いもよらなかったが……。

妙な感慨を覚えながら、ドレスを草まみれにして這いずり、素早く通り抜ける。エステラの手を引っ張って反対側に出た後は、大急ぎで穴を元通りに隠した。

屈めていた背を伸ばすと、昔よりも体が大きくなったせいか、城をぐるりと囲う城壁を間近に感じた。

（まさかこんな事態になるなんて……）

音を立てないよう注意を払いながら、壁面沿いを可能な限り早足で移動する。今頃、二人の姿が消えたことに気づいたダナが、迷宮の中を探し始めているだろう。焦りが徐々に歩行の速度を上げ、やがては疾走《しっそう》になった。

いきなりの運動と緊張のせいで胸が痛い。激しく拍動する心臓が骨を砕いて飛び出していきそうだ。

どうか無事でいて。そう祈りながら、地下水路の入り口までひたすらに駆けていった。

「っ、はあ、はあ、はあ……お姉さま、この穴ですか？」

「はあ、はあ……そう、この穴よ」

走り続けていくと、壁面の下のほうに穴が見つかる。身を屈めれば、なんとか通り抜けられる大きさだ。

呼吸を整えながら一瞬だけ躊躇する。たとえ会うだけだとしても、レオンからしてみれば裏切りだろう。

（でも、今はとにかくルチアーノに逃げてもらわなければ……！）

それが第一優先だと、ドレスが黒く汚れることも厭わずに穴の中に身を滑り込ませた。

「いたっ」

「頭をぶつけないように気をつけて。ここを抜ければ、後は背を屈めれば通れるくらいになるわ」

リリアーヌの言葉通り、入り口を通り抜けた後は腰を折れば歩ける程度に空間が広がる。這いずっていた状態から膝立ちの状態になり、薄汚れた天井を確認しつつ足裏をつける。屈んだり伸ばしたりの連続で腰が悲鳴を上げ、二人は日ごろの運動不足を悔いた。

「この先にルチアーノ様が……？」

石煉瓦《いしれんが》で補強された通路は、洞窟内よりも声がくぐもる。だからか、落城の日に通った脱出用通路よりも不気味な感じがした。通り慣れているはずのところのほうが不安になるなど、おかしな話だ。まあ、きっと道の先に救いたい存在がいるからだろう、と自分を納得させて足を進める。

そう、納得……はしていた。けれど先ほどからずっと感じている疑問が、喉元に引っかかった小骨のように取れない。

（……そういえばあの落城の夜、ここはどうなっていたのかしら）

見張りの兵は外壁沿いにもいたはずだ。だから警備が手薄だったとは思えないが……あの日は異様に早く、城内に侵入された。まるで構造すべてを把握されていたかのような、巧妙な手口で。

（ルチアーノ以外も、この通路を知っていたのかもしれない。そしてここから攻められて……）

考えた直後、また新たな疑問が湧き上がる。そもそもこの通路を使うには、上陸していなければならない。あの日のキニシスは誰にも悟られず、海から大軍を使って攻めてきたのだ。通路を使ったとすれば、話の辻褄《つじつま》が合わなくなる。

（少数の先兵がいて、まずは内側から崩した……？　いえでも、それにしては時間差があまりにも少ない……）

次から次へと疑問がわいたが、出口に近づくにつれ光が大きくなり、考えている場合ではなくなった。

「っ、はあ、はあ……」

地上に出た途端、大量の光が目を焼く。眩しさに立ちくらみを起こしながらも、リリアーヌはエステラを伴って壁面の出っ張りの陰に身を潜めた。

激しく上下する胸をなんとか宥め、物音をさせないようにしゃがみ、壁に張り付く。明るいところでは銀髪が目立つかもしれないと、豊かな髪も後ろに流した。だがルチアーノからもらった紅玉だけは非協力的で、陽光をぎらりと反射してしまう。

しまった、誰かにこの光を見られていなかっただろうか……。

慌てて握りしめ、息を殺した瞬間——頭上からふっと影が落ちてきて心臓が跳ねる。

「……ほら、言っただろう。私はその光を辿って君を見つけると」

眩しいほどの輝きを放つ金の髪。その太陽すら物怖じする美しい髪の下で、涼やかな空色の瞳が細められた。

「！　ル」

名を叫ぼうとした口の前に人差し指がかざされる。はっとして一呼吸置いたリリアーヌは、今度は抑えた声で呼びかけた。

「——ルチアーノ」

レオンの男らしい美貌に慣れたせいか、久しぶりに見た白眉に目を奪われる。胸が騒ぐというより希少な人間に会った心地で、今さらながらにぼうっとしてしまった。

あまりに呆けていたせいか、ルチアーノが最後に庭園で会った時を思わせる仕草で優雅に顔を傾ける。

「そう、君の婚約者のルチアーノだよ。憶えていてもらえたようで何より」

「も、もう。冗談が過ぎるわ」

頬を膨らませて怒った真似をすると、ルチアーノは苦笑して手を差し出してきた。

汚れた手から土を払い落として、その手を取る。力強く引っ張り上げられた時、やはりルチアーノも男性だったのだと奇妙な感慨がわいた。

「なんだか驚いた顔をしているね」

「えっと……久しぶりに会ったせいか、貴方が逞しく感じて」

いきなり人間の骨格が変わることはない。だからそう感じるのは、男を知ったからなのだろう。レオンに抱かれ、己の性別を強く意識したのだ。

（今にして思うと……）

レオンを愛した今だからこそわかる。ルチアーノを異性として愛しているのだと幼い頃からずっと信じ続けてきたが、その愛の形は敬愛、もしくは家族などに向ける親愛の情に近かったのかもしれない。

――恋心を知らないまま、恋をしていると思っていた。

「……ごめんなさい、変なことを言ってしまったわね」

「いや、変ではないよ。そうか……私が男だとわかるくらい、君は女になったんだね」

え、という短い問いかけに、ルチアーノは微笑みだけで応える。そこに混じった微量の哀愁に、リリアーヌは己の失言を悟った。

賢き人と呼ばれる彼が、リリアーヌの言葉の真意に気がつかないわけがなかったのに。これでは危険を冒してまで助けにきてくれた彼に「以前は男として見ていなかった」と言ったも同然だ。

猛省したところで一度放ってしまった言葉はなかったことにはできず、申し訳なさで顔が上げられなかった。そうして下がった顎に指が添えられ、やんわりと上向けられる。

「君の好意の形がどうであれ、私は君を愛している。だから申し訳なく思う必要なんてない。愛しているから助けたい……つまりこれは、私の身勝手だ」

「ルチアーノ……」

繋いでいるのが救いの手だと意識した途端、激しく心が揺れた。白銀の姫として考えるならば、このままルチアーノと共に逃げるべきだ。逃げて、国を奪還すべく旗頭になるのが正しい。

けれど一人の男を愛する女としては……どこにも行きたくなかった。体を構成する細胞の一つひとつがレオンを恋しがっていて、使命など忘れてしまえと叫んでいる。

そんなリリアーヌの迷いを察したように、ルチアーノが畳みかける。

「君は私と共にネブライアに渡り、アルクシアを奪還するべきだ。蛮族の支配を許したままにしておいてはいけない。もし君が立ち上がるのなら、我がネブライアは総力をもっ」

「キニシスの王は話の通じない蛮族ではないわ」

まだルチアーノが話している途中だったが、どうしても我慢できなくて口を挟む。ダナにもカルロスにも、レオンにも……愛着がわいてしまった後となっては、彼らを蛮族の一括りで扱いたくなかった。

また下がりそうになった顎が、今度は少し強めの力で固定される。迷うリリアーヌの瞳を、ルチアーノにしては珍しい、射るような眼差しが貫いた。

「現状を見てごらん。彼らは話し合う気がないからこそ、武力で他国を従えてきたんだ。彼らには対話という概念がない」

「いいえ、レオンは……キニシス皇帝は約束してくれたの。私を領主に据え、アルクシアを任せると……」

「それこそ愚かな話だ。君はアルクシアの正当な王位継承者、古からの血を誇る『白銀の姫』だ。領主などと、そんな地位に貶《おとし》められる理由があるものか」

「けれど私が立てば、多くの民の血が流れることも事実だわ」

「君が立とうと立つまいと、必ず血は流れる」

突き放すと言ってもいい語調で、きっぱりと断定される。ここまで強く言われると根拠が知りたくなり、問い詰めるように迫った。

「どういう意味？」

「伝承に支えられてきた民が、そう簡単に君主の交代を許すとは思えない。民から見た白銀の姫は、既に神にも等しく、代えがたい存在だ……。故に君が神から一領主という立場に落とされれば、民はキニシスに対する怒りを募らせ、己の信仰を取り戻そうとするだろう」

だんだんと声音の温度が下がっていく感じがするのは気のせいだろうか。不可解な肌寒さを覚えながら、とうとうと語られるルチアーノの言葉を聞く。

「時に信仰心は、君が考えているよりも厄介なものになる。彼らは愚かしいほどに盲目的で、排他的だ」

「そうかしら。私は民の強さを信じて――」

「信じるだけが君主の務めではないよ、リリアーヌ。彼らが誤った道に進まないよう導くには、正しい王と、正しい判断が必要だ」

否定しようとした言葉尻に被さる勢いで諭される。先ほどからずっと、ルチアーノはリリアーヌに反論する時間を与えてくれない。いつだって考える余裕をくれた彼らしくない話し方だった。恐らくは油断ならない状況のせいで、彼も焦っているのだろう。

「民のためにも正しい判断をしてくれ。我が王家の友であったアルクシアがこのまま滅びるのは、私にとっても耐えがたい。それにエステラの今後を考える上でも、キニシスにいるのはよくないだろう」

「いいえ、エステラは……」

言いかけて、勝手にフェルナンドとの仲を明かしても良いものかと迷う。同時にエステラの気持ちを思い出して、さらに迷いが深まった。

確かに使命を忘れずにいるのは、白銀の姫としては正しいのかもしれない。

一方で、ルチアーノの手を取ることは、エステラに恋心を捨てろと命じるに等しい。それは彼女を幸せにするという父王との約束を破る結果にはならないだろうか。

かといって彼女一人を残せば、見せしめとして処刑されるかもしれない……。

(どの道を選んだとしても、誰かが傷つく……)

その「誰か」の中に、ふっとレオンの顔が加わり、ゆるりと首を振る。愛していないと言って憚らない男だ、道具が逃げたとしか思わないだろう。……と考えた直後、果たしてそうだろうかとの疑問がわいてくる。

レオンの瞳に、囁く声に、触れてくる手に、愛情を感じなかったと言えば嘘になる。言葉にはされなかったものの、何かしらの感情を向けてくれている気がしていた。だからこそ、一領主として任せるとまで言ってくれたのだろう。

(領主、か……)

心の中で「領主」と繰り返し、幾通りかの未来を想像する。そのどれもが、ルチアーノの主張も一理あると思わせた。

民がキニシスに対して暴動を起こすことは、十分に考えられる事態だ。ばかりか、領主となったリリアーヌにすら反感を覚える可能性もある。

(私たち姉妹の心情だけで決めて良いことではない……。何かを捨てるとしても、民の信を得ていた者として、より血が流れない道を選択するべきだわ……)

逃亡の方向へと思考が傾き始める。だがエステラの心情を思うと決断することもできなくて、切れそうなほど唇を噛んだ。

人としてか、白銀の姫としてか、立つ場所によって正しさが変わる。いずれの道にも正義があり、誤りもある場合、どれを選ぶのが最良なのだろう……。

悩みすぎて息が苦しくなってきた頃、一連の流れを見守っていたエステラがリリアーヌの手をとって言った。

「私のことならば気にしないでください。お姉さまの歩む道が、エステラの道です」

「でも貴女はフェルナンド様を……」

「フェルナンド様を愛する気持ちも誠ですが、私は物心ついた頃より、お姉さまの力になると決めていました。その気持ちは今でも変わりません」

あれだけの決意をしてフェルナンドへの愛を貫くと決めたのだ、想いを捨てるのは容易ではない。そうした苦痛を乗り越えてでも、支えようとしてくれるエステラの気持ちが嬉しく、また悲しくもあった。

苦悶の表情を浮かべたリリアーヌを励ますために、エステラが精一杯の笑顔を作る。彼女こそ泣きたい心境だろうに、なんとか姉を元気づけようとしていた。

「行きましょう、お姉さま。私も、民が苦しむ様は見たくありません」

そう言って毅然と胸を張る姿は、紛れもなく『白銀の姫』の血を引く者だった。

リリアーヌはエステラの姉であることを誇りに感じ、彼女の気高い決意に見あう生き方をしようと固く心に誓った。

大きく息を吸い込み、一度閉ざした瞼を思い切る強さで開ける。

「……貴方と行くわ、ルチアーノ。だけどもし戦が避けられないのだとしても、まずは対話による解決を試みたい。血を流すのは、すべての努力をした後よ」

「だからあの男に対話は無駄だと」

「いいえ、無駄ではない。……彼はそういう人間だと、私は知っている」

今度声を遮るのは、リリアーヌの番だった。決意は揺らがないのだと、空色の瞳をまっすぐに見上げる。

強い視線に貫かれたルチアーノは反論する素振りを見せたが、最後には苦笑して肩を竦めた。

「女王となる君がそう言うのなら、従おう。……私としては、早くあの男を殺してしまいたいけれど」

ぼそりと付け足された後半の言葉を、最初は聞き間違いかと耳を疑った。あの穏やかなルチアーノが「殺す」などという不穏な表現をするとは思えなかったからだ。けれど幻聴にしては、しっかりと聞いてしまっている。

(婚約者である私が捕らわれたのだから、恨んで当然……なのかしら)

この妙な違和感は、どこからくるのだろう……。

飲み込みかけていた小骨が、また喉元をちくちくと刺激する。

「さあ、そうと決まったらすぐに移動しよう。ここは危険だ」

手を引かれ、やや躓きそうになりながら歩き出す。慌てて歩調を速めたリリアーヌは、ふと疑問を感じた。

「そういえばルチアーノ、どうやってここまで来たの？　この区画にも衛兵がいたはずでしょう」

「今のアルクシア城には以前の衛兵も残っていてね、警備を任されているんだ。ここを守っていたのは丁度彼らだったから……お願いをしたんだよ」

「そうなの……」

(レオンはアルクシア王家に仕えていた者も、大切にしてくれているのね……)

こんな時でもレオンのことを考えてしまう未練がましさに溜息が出る。

迷いは捨てなければ——と思い切って手を握り直したら、ルチアーノの白手袋についたシミに目が留まった。

「ルチアーノ、もしかして怪我をしているの？」

「なぜ？」

「手袋に血がついているわ」

「ああ……穴を通る時に引っかけてしまってね。その時の傷かな」

シミは小さかったが、血が出るほどだったのなら油断はできない。自分のせいで彼の身に何かあったらと思うと心配でたまらず、お願いをする調子で提案した。

「ではどこかに腰を落ち着けたら、すぐに治療をしましょう。放っておいては化膿《かのう》してしまうかもしれないわ」

「はは、大丈夫、気にするほどのものではないよ」

「でも……」

「体の傷よりも、今は心に負った傷のほうが大きい。君を奪われた悲しみは、私を死にいたらしめる……」

そう真剣な口調で言われると、胸が痛んで二の句が継げなくなる。黙したまま手を引かれていく様は、囚われ人の姿にも似ていた。

8.

覚めても覚めても現実に出られない悪夢を見ている——黒い夢を見てからキニシスに囚われてより、ずっとそんな感覚でいた。それが薄れ始めたのは、いつ頃だっただろう。悪夢であったはずの毎日は、いつしかレオンの腕の中で色合いを変えてしまった。憎しみで支配されていなければいけないはずだったのに、初めての恋心まで抱いて。

(レオンは今頃、怒っているのかしら。それとも呆れている……?)

鬱蒼《うっそう》とした森の奥にある、ひなびた館。そこの一室から崖下を見下ろし、深い溜息をつく。聞こえてくる音が城にいた時と変わらない波音だから、つい思考が巻き戻されそうになり、度々辟易する。

(愚かだわ。もうずいぶんと離れたでしょうに、まだ後ろ髪を引かれているなんて……)

アルクシアには砂浜が少なく、険しい崖のほうが多い。そうした地形のせいで、海沿いを進むと景色があまり変わらず、たまに本当に進んでいるのかと不安になる。けれど臀部が痛くなるほど馬に揺られてきたのだから、確実に進んではいるのだろう。途中で合流したルチアーノの私兵たちも、予定通りだと言っていた。

ルチアーノが言うに、今はネブライアに渡る隙を窺っているらしい。城を出られたことで少し安堵していたが、思えばキニシスとの緊張状態が続いている中、そう簡単に国境を越えられるわけがなかった。迷惑をかけてしまっているという申し訳なさで胃がきりきりと痛む。

みぞおちを押さえて窓枠に手をつくと、窓の向こうで小鳥たちがはばたいた。まずは最初の一羽が、次に後を追うように二羽目が大空へと舞い上がる。つがいなのか、彼らは仲睦まじい様子で飛んでいく。

あの鳥のごとく愛だけを胸に飛んでいけたら、どんなに良かったか。哀しいことに人は生きる目的以外でも争い、余計なしがらみで自らの羽を失う。だからこんなにも背が重くて、空が遠い。

見えなくなっていく鳥へと手を伸ばしたリリアーヌは、思わず呟いていた。

「レオン……」

直後、異様な寒気を覚えてぞくりと鳥肌が立つ。天候は変わっていないはずだが、急激に室内の温度が下がったかに感じた。そんなわけはないのに空気の質すら変わった気がして、吸い込む肺が重たくなる。

「……リリアーヌ」

かつ、という靴音と共に聞こえてきたのは、いつだってリリアーヌの心を癒してくれた、柔らかな声。

彼の愛に応えるためにも、レオンへの未練は断ち切らなければいけない。

リリアーヌは幻の肌寒さを忘れようと、微笑みながら振り返る。

「おかえりなさい、ルチアーノ。どこも怪我はない？」

「ただいま。私は大丈夫だよ、君こそ体調はどうだい？」

「少し体がだるいけれど、それ以外はなんともないわ」

「そう……長旅で疲れているのだろうから、無理はしないようにね」

偵察に行っていたらしいルチアーノは、そう言ってリリアーヌの手を取った。少し背を屈め、そっと指先に口づける。気障《きざ》にも思える仕草だが、彼がすると実に様になっていた。

その動作の間リリアーヌがぼんやりしていたのは、彼の美しさに見惚れていたわけでも、優しい言葉に感激していたわけでもなく——艶やかな金髪が手の甲を撫でたせいで、漆黒との差を思い出してしまったからだった。最初の頃はあんなにも恐ろしかった色が、今は胸が引き裂かれんばかりに恋しい。

（こんなことでは先が思いやられる。いい加減、気持ちを切り替えなければ）

そう遠くない未来、恐らくはルチアーノが夫となる。本来の形に収まり、共に国を支えていくのだ。となれば、正しい恋をし直す必要がある。

（必要……か）

考えた後で、自嘲の笑みが浮かぶ。恋は必要に駆られてするものではないからだ。ある日突然、意図せず落ちて、解消できない胸苦しさに襲われる。そんな不合理で不格好ともいえる感情が、恋というものなのだろう。理性で制御できるものなど、関係を築くための言い訳でしかない。

「とはいえ、こうして出迎えてもらえると、君と夫婦になれたようで嬉しいよ」

「そうね……私も嬉しいわ、ルチアーノ」

嘘だとわかっていながら口にするのは、重い罪悪感を伴う。だが無理やりにでも口にし続ければ、きっといつかは本当になるだろう。と信じて、意識的に微笑みを象《かたど》った。

ルチアーノがその微笑みを見つめ、何かを言おうとした時、

「……ただいま戻りました」

「あらエステラ、顔色が良くないわ。どこか具合が悪いのではない？」

ルチアーノの後ろから蒼白な面が覗き、眉間に心配の皺を刻む。

エステラは、少し前に館内を散歩してくると言って出ていったばかりだった。しかしそのわりには戻ってくるのが早いし、ふらついていて、頬にも血の気がない。とても元気に散歩をしていたとは思えなかった。

指摘された彼女がはっとした様子で目を開く。すぐに大げさなまでの明るい声を出して、寝台に腰かけた。

「いいえ、どこも悪くありません。もしそう見えるとしたら、きっと体が疲れているだけですわ」

「本当に……？」

「ええ、本当です」

「なら良いのだけど……」

健気なエステラが無理をしているのではと心配になる。注視しようとしたらルチアーノが前に立って、わざとではないにしろ視界が遮られた。

「それでは私は引き続き周囲を警戒しながら、国境を越えるための情報を集めるとしよう」

言われて申し訳なさが募る。彼だけに苦労をさせるわけにはいかないと、必死の面持ちで距離を詰めた。

「あっ、私にも何かできることがあったら……！」

「いや、君は色々あって疲れているのだから、無理せず休んでくれ」

「でも……」

即答で断られ、しょんぼりと肩を落とす。その肩に手が乗せられたかと思ったら、顔のすぐ前で艶やかな声が響いた。

「君に求婚する者としては、一つでも多くの見せ場を作りたいのさ。そうして君が、いつか本当の意味で私を異性として認めてくれたなら……私は君の身も心も、あの悪魔から奪い返すだろう」

遠回しではあったが、彼から初めて男女の関係を示唆《しさ》された。

驚きで瞠った目に、単なる幼馴染みではない、色香を醸す微笑が映る。それを見て、彼が今まで男としての欲求を抑えていたのだと知った。

「貴方でも……そういう顔をするのね」

「恐い？」

「驚いてはいるけれど、恐くはないわ。貴方はいつだって優しいお兄様だったもの」

「そうありたいと願う気持ちも本心だったが、頭の中では君を汚してしまいたいと思っていたよ。……『いつだって』ね」

唇が近づいてきて口づけられるのだと覚悟する。顔を背けてはルチアーノの恩にも背くことになると思ったのだ。

固く瞼を落としてその瞬間を待つ。けれどいくら待っても柔らかな感触が訪れなくて、薄らと目を開けた。

「っ……」

すぐ近くで細められた双眸が妖しい光を浮かべ、ぞくりと体を震わせる。怜悧な美しさのせいだろうか。恋の高揚感とは違う、緊張感に近しいものが鼓動を速めた。澄んだ水色の瞳孔が冷ややかに凍り付いて見えて、なおさら落ち着かない気分になる。

「今は心の中だけで口づけるとしよう……。君が私の妃になったら、いつでも奪えるのだから」

吐息だけが掠めて、離れていく。肌の裏側まで見透かすような視線に炙られ、心臓が大きく脈打った。

「では、おやすみ。……私の未来の妃」

扉の向こうにルチアーノの姿が消えた時、正直ほっとしてしまった。すぐに違う男性を愛せるほど器用にはなれない。

(？　そういえば……)

彼の扉を閉める手を見た時、なんとなく変だなと思った。怪我の治療をしたにしては、手袋が膨らんでいない。もしかして放置しているのだろうか。

(後でちゃんと言っておきましょう。まったくルチアーノったら、いつも自分のことは二の次なんだから)

安堵で脱力した体を、二つある寝台の内の一つに倒す。首を捻ったリリアーヌは、同じように寝ころんでいるエステラの背中を見つけた。

相当疲れているのか、ぴくりともしない。

「ねえ、エステラ。本当に大丈夫なの？」

呼びかけたが、返事はない。起こすのは悪い気もしたけれど、万が一熱でもあったら大変だ。

リリアーヌはそっと寝台を下り、エステラの額に触れようと彼女の前に回り込んだのだが……。

「エステラ……？　エステラ!?」

体を揺すっても目を開けないくらい、彼女はぐったりしていた。衰弱していると言ってもいい。

「あ……だいじょうぶ、です……」

やっと目を開けたエステラは、朦朧とした様子で口を開く。これほど根拠がなく、信用の置けない「大丈夫」はない。

エステラが死んでしまったら、との恐怖がどっと押し寄せてきて冷や汗が噴き出る。

「全然大丈夫ではないでしょう!?　どうしてこんなになるまで黙っていたの？」

心配のあまりつい責めるような言い方になってしまう。弱々しく口元を笑ませるエステラを見ていられなくて、勢いよく身を翻した。

「待っていて！　今すぐルチアーノに頼んで――」

「それはだめです！」

脱力していたはずのエステラが、恐れるように鋭い声を上げる。

彼女が止める理由がわからなくて、リリアーヌは首を傾げながら振り向いた。

「……どうして？」

「それは、えっと……」

体調が優れないせいで判断力が落ちているのか、普段よりも嘘が下手になっている。もごもごと口を動かす彼女は、明らかに隠し事をしていた。

「ねえ、エステラ。正直に言ってほしいの。……ルチアーノに何か言われたの？」

「……」

「教えて」

否定を許さない強さで問うと、彼女は擦り合わせる唇の隙間から押し出すように渋々答えた。

「今朝から体がだるかったので、ルチアーノ様に相談をしたのですが……。逃走中の今は治療する手段がなく、お姉さまを心配させるだけになってしまうから、ネブライアに着くまでは黙っていてほしいと……」

「本当に？　本当にそれを、ルチアーノが言ったの？」

「はい……」

信じられなかった。彼は、リリアーヌが己の命よりも妹を大事に思っていることを知っている。普段ならばそれを踏まえ、まっさきにエステラの体調を報告してきただろう。そう予想できるからこそ、今回の口止めとも言える行動は、まったくもって彼らしくない行動に思えた。

(どうして……)

ずいぶんと険しい表情になっていたらしく、エステラが気遣わしげに手の甲に触れてきた。温もりで我に返り、彼女の顔を覗き込む。

「心配し過ぎですよ。きっと疲れているだけです」

「疲れているだけとは思えないのだけれど」

「ですが食べているものも、飲んでいるものも同じですし……。風邪ではないとしたら疲労しか考えられません」

「そう、かしら……」

「そうですよ。それよりお姉さま、お願いがあるのですが」

「何？　何でも言ってちょうだい」

「水をとっていただけませんか。また喉が渇いてしまって……」

頷きながら立ち上がったリリアーヌは、水差しを手に大急ぎで寝台脇に戻る。そしてエステラの口元に持っていこうとした時、ふと……あることに気がついた。

(確かに飲んでいるものは同じだけれど……私はエステラよりも、この水を飲んでいない)

館に着いた時、喉の渇きを訴えたエステラに優先的に水を飲ませ、リリアーヌは「私は乾いていないから」と我慢をしたのだ。だから二人分減っているように見えても、実際にはエステラがほとんど一人で飲んでいる。

(でもこれは……)

――ルチアーノが用意した水だ。害のあるものが入っているわけがない。

そう信じているのに、どうしてだか手が動かない。エステラにこれ以上飲ませたくないと思う。

「あ……新しいものをもらってくるわね」

ずっと喉元に刺さっていた違和感という名の小骨が、刃と化す。息を吸うごとにじわじわと喉を抉られ、血を噴く心地がした。

「私はそれでも構いませんが……」

「これは……だめよ。新しいほうがいい」

ルチアーノには全幅の信頼を置いている。彼が間違った時など一度もなく、その積み上げた結果により、彼は自他共に認める『金色の賢者』だった。今回エステラの症状を隠したのだって、リリアーヌの心情を思いやってのことなのだから、間違いだとは言えない。彼は正しい。

「…………」

正しい、と繰り返す気持ちの裏側で、何か説明のできない恐怖がひたひたと忍び寄ってくるのを感じる。

いや、暮れ始めた空が悪いのだ、あれが不安にさせる。などと言い訳をつけてみたが、やはり落ち着けない。暗闇が恐いのではなく、ここにいては恐ろしいことになるのだと、理屈ではない部分で知っている気がした。

「やっぱり……行ってくるわね」

「厨房《ちゅうぼう》にですか？」

「いいえ……ルチアーノのところに、相談をしに行こうかと……」

早く彼に会いたい。会って、この根拠のない不安を晴らしたい。その一心で、リリアーヌはだるく感じる体を動かした。


「はあ、はあ……」

少し動いただけなのに、息が切れるのが早い。なぜこんなに体が重いのだろう。

重石を背負った感覚で廊下を歩き、ルチアーノがいる部屋へと進み続けた。

窓から見える空にはいつの間にか灰色の雲が漂い、夕陽を遮っている。この調子では、今夜は星一つ見えない暗闇になるに違いない。

落ちた明度で不安にさせられたリリアーヌは、ようやく見えてきた光に安堵する。廊下の突き当たりの扉が薄く開き、その中から蝋灯りが漏れ出ていた。中で人が動いている気配もして、ルチアーノが部屋にいるのだと知れた。

よかった、これでエステラを助けられるかもしれない。もし彼が「やはり今はどうにもできない」と言うのなら、自分が薬草でも探しに行こう。

目的を達成できる安心感で肩の力を抜きかけたが、話し声が聞こえて立ち止まる。

「――姫君には薬が効いたようですね」

薬とは、一体なんのことだろう。従者の一人と思われる声に緩慢な動作で首を傾げ、だんだんと息を潜める。

　話の続きを聞きたいような、聞きたくないような、妙な気分だった。

「そうだな、リリアーヌにもやっと効き始めた。今頃は寝台で横になっている頃だろう。……ふふ、まったく私の可愛い妃は強情で困るよ」

　冗談でも言うふうに、ルチアーノの声が応える。

　どっ、どっ、と脈打つ心臓の音が徐々に大きくなり、体外にも響いているのではないかと不安になった。

（なにを……なにを話しているの、ルチアーノ……）

　ドレスの胸元を握りしめていた手が震え出す。そんなリリアーヌを嘲笑うかのように、彼らの声が続いた。知らない男たちの会話を聞いている心地で、言葉の輪郭がぼんやりしてくる。

「あの落城の夜も、姫君とは思えない行動力でしたからね」

「ああ、まさか彼女が城を捨てるとは思わなかった。彼女の性格なら父と共に残ると思ったんだが、あの抜け道も併せて、とんだ誤算だったよ」

「やはり妹君の存在が大きかったのでしょうな」

「だろうな。いやはや、計画を実行する前にエステラは毒殺でもしておけばよかったよ。リリアーヌの正気を奪わないために残してやったが、存外邪魔になったな」

「ではそうしますか。今なら病死に見せかけて殺せますよ」

「いや、こうなったら死にかけの状態で生きていてもらおう。そのほうがリリアーヌの動きを封じられるし、私に頼るほかなくなる」

「それならば国王も生かしておいたほうが良かったのでは？」

「はは、あの男は私から彼女を遠ざけようとしたんだぞ？　一抹《いちまつ》の情けもかけられない。万死に値する」

すとん、と足下まで血の気が落ちる音を聞いた気がした。紙よりも白くなった頬に涙が一粒流れて、わなわなと震える唇の隙間から口内に入ってくる。衝撃のせいか、塩気を感じない。

違う、これは夢だ。悪夢の続きで、今自分の体は寝台の上にある。そうに決まっている。

ゆるゆると首を振りながら少しずつ後退していたリリアーヌだったが、上乗せされた台詞で足先が縫い付けられた。

「本当に殺しても殺し足りない男だった。彼のせいで回り道をする羽目になったのだから、もっと苦しめてから心臓を貫けば良かったな」

昨日の天気をそらんじる、くらいの気軽さ。彼にとってはそれほどの価値しかなかったのだと、涼やかな声音が語っている。

（こんなのは、嘘……嘘よ……嘘、嘘、嘘）

優しい、優しいはずだった彼の口から出たのは、父王を殺したとの告白だった。嘲笑交じりのそれが耳から入ってきて、臓腑を焼く。彼が手にした剣は父王の心臓を、彼が口にした言葉はリリアーヌの時間を殺した。十数年積み上げてきた、彼と共にあった時間すべてが、ことごとく木端微塵《こっぱみじん》になった。パラパラと落ちてくる時間の残骸がリリアーヌに降りかかり、毒のごとく気道を腐らせる。胸が苦しい、立っていられない。

（どうして……なぜ……）

暮れる空とともに、リリアーヌの目の前も真っ暗になる。体の感覚はなくなり、どこに立っているのかも定かではない。次第に荒くなる息は自分のものであるはずだが、それすらもどこか遠くの、他人事に思えた。

無意識に後退していた足が、朽ちかけた木戸に当たる。補修されていない木戸は軋んだ悲鳴を上げ、静かな廊下に反響した。

「！」

直後、すべての感覚が戻ってくる。切り替えの早さは理性のなせる技ではなく、生存本能に近かった。

見つかった、見つかってしまった。全速力でここから逃げなければいけない。

一瞬にして噴き出た汗が背筋を濡らし、臀部へと伝う。寒くて寒くてたまらないのに、嫌な汗が止まらなかった。

がくがくと震えながら、まっさきに妹の顔を思い出す。

（早く、早くエステラを逃がさないと……！）

だが勢いよく身を翻した瞬間、舞い上がった銀髪が何者かの手で掴まれた。容赦のない力で引っ張られ、髪の数本がぶちぶちと抜ける。引きつれた頭皮は激痛を訴え、混乱しながら後ろに倒れた。

「いっ……!?」

そのまま尻もちを着くかと思ったが、暴力とは真逆の柔らかさで受け止められる。広い胸に背を預けながら聞いたのは、よく知った、それでいて初めて耳にする声――

「どこに行くんだい。まだ下ごしらえが済んだばかりだというのに」

楽しそうに、期待で胸がはちきれそうだと言わんばかりに、彼は歌う。これこそが待ち焦がれていた瞬間だったのだと哄笑《こうしょう》しながら残酷な詩歌を紡ぐ。

「あ……ああ……」

筋肉が硬直し、少しも振り返れない。固まった首筋がぞろりと舐め上げられれば、壮絶な恐怖で眩暈を起こした。

「少し予定外だったけれど、仕方ないね。まあ余興が早く終わってしまっただけのことだ。あとは君と私の二人で、ゆっくりと楽しめばいい。さあ、私と遊ぼう、リリアーヌ……」

漏れ出た蝋灯りが、廊下の鏡に反射する。暗闇に浮かんでいるような鏡面の中、リリアーヌの背後には薄らとした微笑みがあった。この世で最も美しく、また誰よりも残酷な、支配者の顔。

「ル……ルチ、アーノ……」

舌がもつれるせいでうまく喋れない。恐怖が過ぎると頭の中が真っ白になるのだと、落城の時ですら悟らなかった感覚を得た。

「はっ……放、して……放してぇー！」

「そうだ、真っ赤なドレスを取り寄せよう。君が流す血に染まったような、真紅のドレス。それを着て、君は私の花嫁になるんだよ」

絶叫も懇願も彼の耳には入らない。鼻歌交じりで語るルチアーノは、中性的な美貌には似つかわしくない強い力でリリアーヌの体を引きずっていった。

「痛いっ、痛いわ！　お願い、放して！」

「ああ、ごめんね。君が逃げようとするから、つい焦ってしまって」

焦りなど微塵も感じさせない言い方で、にっこりと微笑むルチアーノ。笑いながら細腕を引っ張り、姫たちが寝室にしていた部屋へとリリアーヌを押し込んだ。

「ぅっ」

さらに奥へと体が突き飛ばされ、リリアーヌは呻きながら寝台に転がった。とっさに頭を起こすと、もう一方の寝台では反応を示さないエステラが四肢を伸ばし切った状態で横になっていた。死体よりも死体らしい、生気のない姿。先ほどよりも酷い状態に顔が青ざめ、最悪の展開が頭を過ぎる。

「エステラ……エステラッ！」

「大丈夫だよ、死んでない。……まだね」

瞬間的に膨大な怒りが湧き上がり、のしかかってくるルチアーノを睨み上げる。呼吸をするのも忘れ、憤然と見つめた。

対してルチアーノはまったく意に介した素振りもなく、相変わらずの鼻歌を歌いながら、リリアーヌの両手を寝台の支柱に縛りつけた。抵抗できなくなった姿を見下ろし、満足げに頷く。

彼があまりにも楽しそうだから、喜劇の登場人物にでもなった気がしてくる。不気味さと怒りに耐えきれず、腹からの叫びを上げた。

「どうして……どうしてなの、ルチアーノ!?」

あまりの大音量だったからか、彼の動きが止まる。整った眉を顰め、次第に泣きそうな顔になった。

「ルチアーノ……？」

変化にうろたえ、そろりと呼びかける。

するとルチアーノは両手で顔面を覆い、肩を震わせ、嗚咽すら漏らして語り始めた。

「っ、仕方なかったんだ。王位を継いだばかりで政局が安定せず、その上大臣たちは『アルクシアを滅ぼせ』と要求してくる。伝承に飽いた者たちは、今か今かと金色の賢者を引きずり下ろす機会を窺っていたのだ。だから私は父上から受け継いだ誇りを守るために、断腸の思いで……っ」

「そう、だったの……。まさかネブライアがそんな状態になっていたなんて……」

悲壮感溢れる様子に感情が引っ張られる。王位を継ぐ者が孤独で、様々な思惑に挟まれることはよくわかっているつもりだ。怒りは治まらなかったが、同情心が顔を出す。

しかし次の瞬間、彼の震えがますます大きくなり、嗚咽は哄笑にすり替わった。

「ははっ、はははは、あははははは！　とでも言えば君は満足なのかな⁉　愚かで可愛いリリアーヌ！　君は本当に純粋だよねぇ！　純粋で、馬鹿で、人を疑うことを知らない！　疑ってかかるという戦いを避けている！　なんでもかんでも私の言うことを信じていられた日々は、さぞかし楽だっただろう⁉　ああ、本当に忌々しくて愛しいよ！」

「っ⁉」

「はは……私にとって殺意と愛は同意義なんだよ、リリアーヌ……」

哄笑のついでのように荒々しく唇を奪われる。恐怖で顔を背けようとしたら、下唇を鋭く噛まれた。微かに流れ出た血が舌を染め、その血濡れた肉が吸い上げられる。

呼吸すら許さない深い口づけにえづくと、薄赤い唾液が口端から流れ落ちた。

「っ、げほっ、ごほっ、……はあ、はあ、はあ」

大きく胸を喘がせる内に、溢れた涙が頬を伝う。自身の血を味わいながら、リリアーヌは悟った。本当に、あの優しかったルチアーノを失ってしまったのだと。

不思議と怒りの炎は小さくなり、代わりに胸中を占めたのは深い悲しみだった。

「もっと泣きわめいてもいいよ。君の涙は、私を癒す」

うっとりしていると言ってもいい口調で囁き、頬を撫でてくる。

静かに涙を流し続けるリリアーヌは、ゆっくりと首を左右に振った。

「……貴方は私の大切な人だった。その大切な人を失ってしまったことが、何よりも悲しい」

との言葉がよほど意外だったのか、ルチアーノは大きく目を瞠った後、すっと笑みを落とした。一切の表情がなくなると彼の美貌は作り物めいた冷たい印象になる。

先ほどの不気味な笑みにも恐怖を感じたが、今の彼のほうが何を考えているのかわからなくて恐ろしい。

次の反応を待っていると、彼は口元だけを微かに動かして言った。

「わかっていないね。君が私を失ったのは、今ではないよ」

「では、いつだったというの」

「もっと、ずっと昔のことだ。君の母上が死んだ日、ルチアーノという人格も死んだのさ。今ここにいるのは、金色の賢者という仮面を被らされた、ただの怨霊だよ」

そう語るルチアーノの瞳には、本当に生気がない。明るいはずの色はどこまでも続く井戸のごとく、果てしない暗闇に見えた。

「私のお母様が、死んだ日……？」

復唱すれば、その日の出来事が昨日のことのように思い出された。

母を失った悲しみ、そして『白銀の姫』の称号を継ぐことの重荷で押しつぶされそうになっていたリリアーヌは、葬儀に訪れたルチアーノに泣いて縋った。なぜなら父王は厳しく、少しも甘やかしてくれない。強くあれと言うだけだ。そうしたい気持ちはあっても、幼い少女には民の信仰心が恐ろしく、不安で、誰かに寄りかからずにはいられなかった。だから求めたのだ、母の代わりに「大丈夫だ」と言ってくれる存在を。

彼は期待通り、リリアーヌを支えてくれた。導いてくれた。けれどもし、そこに誤りがあったのだとしたら……。

（ルチアーノ、もしかして貴方は……）

答えを探る思考が、記憶の中にある光景を糸で繋ぐ。

落城の日に彼が「死ぬまで弱くなれない」と言った時、違和感を覚えなかっただろうか。あの時彼は、どんな顔をしていた？　どんな声で語っていた？　それ以前に、初めに縋った時、彼もまた母を失った子供ではなかったか？

一つひとつの記憶が気泡のように浮いてきて、集まって、一斉に弾ける。その刹那、リリアーヌは唐突に悟った。

――彼は誰にも支えてもらえず、ずっと独りで立ち続けていたのだと。

幼かったリリアーヌは辛い辛いと嘆くばかりで、彼がどうやって立っていたのか、想像しようとしなかった。同じくらい、苦しんでいたかもしれなかったのに。唯一の拠り所を失うのが恐くて、彼が自分よりも強い人間だと信じこもうとした。

「貴方……私に頼られるのが、辛かったのね」

問いかけてから数秒の間が空く。

極端に瞬きが少なくなった目にリリアーヌを映し、ルチアーノは独り言のように語り始めた。

「私の弱さを、君は知ろうともしなかった。『金色の賢者にふさわしくあれ』と過大な期待を押しつけてくる大人たちと一緒だった。君とだけは痛みを分かち合えると、同じ拠り所を失った者として涙を許し合えると……信じていたのに。その君までもが、私に強さを求めた。『強く正しい貴方がいるから、母様がいなくても不安じゃない』……そう言って、私に縋ったんだ。本当はこんなにも弱く、醜く、どうしようもない幼稚な男だというのに、まったく愚かな女だと思わないか」

「だから私を憎んで、こんなことを……」

「憎んで？　いいや、私は君を愛している。愛しているからこそ、復讐しようと決めた。私を独りにした君に復讐するために、君を傷つけるための世界をつくろうと心に誓ったんだ」

「私を傷つけるための、世界？」

「ああ、そうだよ。憶えているかな、あの庭園で迷子になった日のことを……」

喜悦《きえつ》で歪められた口元が近づき、薄紅色の唾液を吸い取る。血で染まった彼の唇は紅を引いたように赤く、禍々しいほどに美しかった。

「あの頃君が迷ったのは、ほとんどが私のせいだよ。わざと君が迷うように導いたんだ」

「……なぜ」

「君が私に救いを求め、泣き叫んでいる姿を見たかったからさ。あの時だけは、君は無条件に私を求めてくれた。強さも賢さも必要じゃなかった。今思い出しても、あれほどの快感はなかったよ……もっともっと、絶望に突き落としたいと思った」

語る口調が勢いを増し、高揚感を伝えてくる。だが一息で言い切った途端、再び声からも顔からも熱が失せた。

唐突に感情がなくなる様は、突然糸が切れた操り人形を彷彿とさせる。

「けれどアルクシア王が泣いている君の声を聞いて、探しにきてしまった。君の嬉しそうな顔を見た時の私の失望たるや、悔しくて三日は眠れないほどだったよ。それで考えたんだ……君に味方がいる限り、私の欲は成就されない。ならば君を絶望に突き落とすための箱庭を作ろう、とね。周辺諸国に共にアルクシアを滅ぼそうと呼びかけ、準備を進め……途中までは完璧だった。あともう少しだった。楽しみで、楽しみで、何度逸る気持ちで君を殺しそうになったことか。……なのにあの男、キニシスの皇帝が私の行く先々で邪魔をしてきた」

(箱庭……)

ルチアーノの言葉を内心で繰り返した瞬間、頭の中でカチリとはまる音がした。ずっと見つからなかったパズルの一欠片が埋まって、やっと全体像が浮かんできた。そんな感覚が衝撃と共に広がっていく。

（レオンはルチアーノの狂気を知っていたのではないかしら。どうして知っていたのかは、わからないけれど……）

いつだったかキニシスの城で聞いた、レオンの言葉が耳の奥でこだまする。たしか彼は、こう言っていた――今の世は、ある男が目指した箱庭。自分はそれを横取りして質を変えているに過ぎない、と。

もしレオンがネブライアと他国の結託を阻止する目的で戦っていたのだとしたら、彼はどこまで理解し、何を得るために動いていたのだろう。

やっと見えてきた真実だったが、一部には霧がかかったままで朧《おぼろ》げにしかわからない。もっと考えようとしたが胸元を引っかかれ、痛みに呻いた。

悲鳴が音楽にでも聞こえているのだろうか、ルチアーノは懐から取り出した小瓶を傾け、上品な仕草でワインを飲む。彼の爪先はリリアーヌの柔肌を傷つけながら、首飾りの紅玉へと辿り着いた。

「ああ、本物はもっと紅くてきれいなんだろうね……」

本物？　と眉根を寄せる。偽物が紅玉ならば、本物はどこにあるのか。との疑問はすぐに解消された。まったく嬉しくない、狂気に陶酔しきった言葉で。

「愛しいリリアーヌ、君の心臓は私だけの宝物。いつかこうして握り潰されるためのものなんだよ。これはその証、目印さ……」

そうとは知らず、殺意の証をずっと身につけていたのか。理解すると同時に壮絶な寒気が走り、全身にぞわりと鳥肌が立つ。

その肌を熱い舌先がなぞりあげた。引っかかれ、血を滲ませた部分が執拗に舐められる。おぞましさに耐えきれずに身を捩ると、少しだけ背を浮かすことができた。このままなんとか腕の拘束を解けないものかと必死で暴れる。すると乾いた笑いが聞こえた直後、寝台にめり込む勢いで押しつけられた。城のものとは違い、衝撃を吸収してくれない硬さが背骨を軋ませる。

「ぐっ！」

打ちつけた背が痛い、と認識するよりも前に、体の中心部に引き裂かれたような激痛が走った。前ふり皆無でドロワーズがむしりとられ、いきなり正体不明のものを膣に入れられたのだ。

「ひぃっ!?　な、なに!?　なにを……!?」

「思う存分叫んでいいよ。君の可愛い声を他の男に聞かれてはたまらないから、人払いをしておいたんだ」

そんなふうに言われてもまったく安心できない。

濡れていないばかりか、恐怖で萎縮した狭い場所がこじ開けられ、みちみちと骨すら砕く勢いで何かが奥へ奥へと侵入してくる。

体を内側から破られるのではと恐怖に駆られ、無我夢中で抵抗した。

そうして目に入ってきた光景に、これ以上ないくらいにぎょっとする。ルチアーノはワインが入っていた小瓶の口を楽しそうに押し込んでいたのだ。

硬い、無機質な瓶の先端がごりごりと膣壁を擦る。

「ひっ！　あっ、ぅ！」

血こそ出ていないものの、いきなりの暴力的な力で体が怯え、ますます内側が萎縮した。防御反応を示し、なんとか体を守ろうと蜜を滲ませる。それが瓶に残っていた少量のワインと混じり合い、ぬちゅり、と嫌な音を立てた。

感じてもいないのに内側が湿っていく感覚は、臓腑がひっくり返るほど、ぞっとする。

「いっ、た！　痛い！　やめてっ！」

早く押し出してしまいたいのに、少量でも直接粘膜で酒を摂取してしまったせいか、酷い眩暈に襲われる。

混乱と恐怖で泣いているリリアーヌを見下ろしながら、ルチアーノはわがままな子供を優しく宥めるふうに囁いた。

「少しの辛抱だよ、リリアーヌ。あの男に犯された場所を消毒したら、今度は私の印を刻んであげよう」

言葉の意味を理解した瞬間、ざっと顔が青ざめる。レオン以外の男を受け入れるなんて考えられなかった。

「や……いやぁっ！」

「あの男はいいのに、私はだめなのかい？　まったく腹立たしいな。ここをこんなに広げて、蜜を滲ませているくせに……。ねえリリアーヌ、何度ここで他の男のものを咥え込んだの？　二十回？　三十回？　……まあそれ以上に私は君を犯すから、関係ないけれど」

関係ない、と言いつつルチアーノの目の奥では怒りの炎が燃え盛っていた。ここにきて初めて、レオンに乙女を奪われたことを、彼が相当に怒っていたのだと察した。まるでレオンの証をそぎ落としてしまおうとでも言うように、酒瓶で膣壁を抉られる。

「お願い、やめてっ！　やめてぇ！　痛いっ、痛いの！　死んでしま……ぐっ!?」

抵抗が面白くなかったのか、ルチアーノは片手でリリアーヌの首を絞め上げてきた。

気道を押しつぶされる痛みと息苦しさが、同時に襲いくる。

耳に届くのは、ぐちゅり、ぐちゅり、と狭い自分の内側がこねられる音。

窒息で意識が霞んでいく中、酒で火照った粘膜が擦られているのを感じた。

「ふっ、ぐっ……あっ……！　っ……？」

首を絞められたままだったが、膣内で暴れていた瓶が動きを止めた。安堵したのは一瞬で、次の言葉で震え上がる。

「さて、そろそろ私のものを注いでしまおうか……。一番奥に押し当てて、この腹の隅々まで私の色に染めてあげよう。君は何度でも私の子を孕み、何度でも私に犯される……。大丈夫、君の心が壊れても、私はずっと愛しているよ」

中の具合を確かめているのか、最後にもう一度酒瓶で奥をこねられる。

「いあっ……ぐ……ぅ」

熱い。痛い。苦しい。

もうだめだ、自分は死ぬのだ。

諦めが脳裏を掠めた時、不意に体が軽くなって——

「ぐっ!? き、さま……っ」

がしゃん、と何かが盛大に割れる音が響いた直後、のしかかっていたルチアーノの体が横に倒れた。涙で霞んだ目を向けると、頭から血を流して呻いている。

のろのろと頭を上げたリリアーヌは、動揺で揺れる視界の中に小さな姿を認め、泣きながら呟いた。

「エステラ……」

「っ、はあ、はあ、はあ、お姉さまを傷つけることは、このエステラが、許しません」

大きく肩を弾ませ、握っていたものを放り投げる。

床に転がったのは、この部屋に置かれていた花瓶の取っ手だ。恐らくエステラは自分から注意が逸れている間に這いずり、花瓶を抱え、後ろから忍び寄り、そして思い切り頭にぶつけたのだろう。

おかしな話だが、彼が死ななかった事実に安堵する。もしこれで死んでいたら、エステラの心に傷が残るからだ。それに……

「……」

それに、の続きを躊躇する。あんなに酷いことをされた後だというのに、彼が死なずに良かったなどと思ってしまったのだ。

だがもう一度呻きが聞こえた時、リリアーヌは肩を跳ね上げて、彼から距離を取った。エステラによって手の縛めが解かれると、ふらつきながらも大急ぎで床に下りる。

「逃げるわよ、エステラ」

「はい！」

頷き合った二人は、自身の重い体を引きずるように館を出た。

「っ、ぅ、はあ、はあ、はあ、くっ……」

ルチアーノの嗜虐《しぎゃく》的な配慮が今となってはありがたい。人払いをしてくれていたおかげで、大して苦労せず外に出られたからだ。

とはいえ、もたもたしていれば追手に捕まってしまうだろう。二人は酷くだるい体を懸命に動かして前へ前へと進み続ける。

「お姉さま、私に……はあ、はあ、摑まって、ください」

「何を、言っているの……貴女のほうが、辛いでしょう。貴女こそ、わたくし、に……っ」

答えようとする唇は、不自然なほどに重かった。いや、唇どころか全身が重い。焦る気持ちに反して、体の動作が緩慢になってきている。まるで粘ついたぬるま湯の中に浸かっているようだ。

そうして焦りが限界にまで達した時、後方から高らかな笑い声が聞こえた。

「ははっ、はははははっ！　リリアーヌ、リリアーヌ、リリアーヌ！　どこにいるんだい？　逃げるだなんて、おしおきしなくてはいけないいかな!?」

狂ったように、いや事実狂っているのであろう彼が、笑いながら追いかけてくる。

二人はぶるぶると激しく震えながら、足だけは止めないようにと文字通り必死の形相で進んだ。

捕まれば、きっと今度は殺される。彼にはもはや、二人を生かそうという正気がない。けれどだんだんと、確実に声との距離が近くなってきて、これ以上の逃走は無理だと悟る。互いの意思を目で交わし合い、リリアーヌたちは近くの茂みに身を潜めた。

「リリアーヌ……、ふふ、リリアーヌ……どこにいるのかな。ああ、そうか、あの庭園でしたかくれんぼだね。あれは得意なんだ、すぐに見つけてあげるよ……」

草を踏み分ける音、荒い息づかい、それらに混じった笑い声と、ルチアーノの香水の匂い

——風に乗ってくるすべてが恐怖心を煽った。

「リリアーヌ……愛しているよ、リリアーヌ……」

幾度目かの呼びかけは艶すら含んだ甘さで、呼吸が止まる。

声に魅了されたわけではない。壮絶な悪寒が、体中の筋肉を固めたからだ。

かつてないほどの悪寒で、声にならない悲鳴が口から漏れる。

「っ……！」

優しさの底で堆積し続けた狂気が、じわじわと迫ってくる。

恐怖で混乱した頭で、どうするべきか考える。やはり全力で走るべきか、それとも暗闇に身を潜めているべきか……。

迷った末に、留まる選択をする。こうも動きにくくては走っている内に捕まってしまうかもしれないし、音を立てれば彼に場所を知らせることになる。

息を飲み、両手で自身の体をかき抱いたリリアーヌたちは、ゆっくりと座り込んだ。

どうか、どうか見つかりませんように……。

何度も何度も、必死で祈った。

「……？」

祈りのかいあってか、唐突に声が消えた。

ああ、よかった。自分たちはあれから逃げられたのだ。

そろりと息を吐き、安堵した直後、

「ひっ!?」

ひんやりとした手に足首を掴まれた。氷のような指先が、ぎりぎりと皮膚に食い込んでくる。

しまった、これは間違った選択だった。そう悟った時には遅く、容赦のない力で引き倒される。

「みーつけた……」

「い……いやぁーーー!」

絶叫したリリアーヌは、すぐにルチアーノの背後の姿に気づいて、はっとする。

「お姉さまを放して! 放しなさい!」

落ちていた太い木の枝を手に持ったエステラが、滅茶苦茶に振り下ろす。だが体がまともに動かないのと、不意打ちでもないからか、今度はどこにも当たらない。空を切る空しい音だけが響く。あげく枝の先を掴まれ、容易に奪い取られてしまった。

それでも注意が逸れたおかげで、リリアーヌは体勢を立て直すことができた。火事場の馬鹿力とでも言うべき力がわいて、エステラの手を引いてがむしゃらに走る。

「はは、いいぞ、その調子だ! 頑張って逃げろ! すぐに捕まえてあげるよ!」

死を前にした人間というのは、信じられないほどの力を発揮するらしい。命令通りにするわけではないが、先ほどよりもよほど力が出て、全力で駆け抜けた。

走って、走って、足裏の感覚が麻痺し始めた頃、一気に視界が開けた。鬱蒼とした森の先にあったのは——広大な、海。逃げ場のない行き止まりだった。

「うそ……」

森の中では方向感覚が狂いやすい。しかも一度も訪れたことがない場所だったから、脱出するつもりが違う方向に走っていたのだ。

「ほーら、つかまえた……」

いつの間にかルチアーノの私兵たちも追いついていて、張り出した崖の縁に閉じ込められる。

一歩、二歩、ルチアーノが悠々と近づいてきて、その分だけ後ずさる。

「そこは危ないよ、リリアーヌ。ほら、こっちにおいで。心配しなくても、君を殺したりなどしないよ」

「エステラは……？」

「もちろん、彼女も」

嘘だ。と晴れやかな笑顔が言っていた。きっと彼は眉一つ動かさず、エステラを殺す。

溢れ出るエステラへの殺意を感じ取り、リリアーヌは下腹に力を入れて言った。

「エステラを殺されて一人生き残るくらいならば、二人で死ぬわ」

繋いだ手を強く握り、覚悟を伝える。

息を飲んだエステラはリリアーヌを見上げ、くしゃりと顔を歪ませた後、息を吐きながら微笑んだ。

「お姉さまだけでも生き残ってください……そう言いたいけれど、苦しみの中に残してしまうくらいならば、そのお命はエステラがもらいます。共に逝《い》きましょう、お姉さま」

嬉しくて、悔しくて、涙が止まらなかった。瞳から溢れた大粒の雫が、ごつごつとした岩場に染みる。

「っ……ありがとう、エステラ。……不甲斐ない姉で、ごめんなさい。守ってあげられなくて……ごめんなさい」

否定してもリリアーヌの心は癒えないと思ったのだろう。エステラは「大好きです、お姉さま」とだけ言って、手を握り返した。

二人の悲壮な覚悟を前にしたルチアーノは、不快そうに眉を顰める。

それはたぶん、初めて目にする彼の焦りだった。

「……こっちへこい、リリアーヌ」

余裕の仮面が落ちて、美しい口からは重低音が漏れる。

それに対して毅然とした面持ちで首を振り、一歩、また一歩と後退していった。

ぎりぎりと唇を噛んでいたルチアーノが、ついに耐えきれなくなった様子で吠える。

「私の許可なく死ぬのは許さない！　君は私のものだ！　私だけのものだ！」

身勝手極まりない主張を聞きながら、どうしてだか悲しくなった。頭を掻き毟《むし》ってわめく彼が、泣いているように見えたからかもしれない。

「お願いだ……行かないでくれ、リリアーヌ。君を愛しているんだ……」

彼が必死になればなるほど、心に静けさが訪れる。いっそ穏やかな気持ちで、リリアーヌは語りかけた。

「そうね、貴方は私を愛しているのかもしれない。十数年私を支え続けてくれた心を、ただの歪んだ執着だと切り捨てるつもりはないわ。けれど……」

一歩後退すれば、もう足場はない。背後に真っ暗な夜空を従え、これが最後と口を開いた。

「私は、レオンを愛してる」

死に怯える両足に力を入れ、飛び下りるための姿勢に入る。

そしてリリアーヌたちは大きく息を吸い、意を決して……

「――ならばその命、私がもらい受けよう」

「!?」

笑ってしまうほど都合よく、海風が吹いた。吹き抜けたそれは夜闇よりも黒い髪を巻き上げ、軍旗のごとく翻す。仕舞には風で割れた曇天の隙間から月光が差し込み、崖上を照らしたものだから、彼の出現が完全な予定調和に思えた。

王者然とした堂々たる足音に「もう大丈夫だ」と言われた気がして、自然と頬が緩む。思わず呟いた名には、自覚以上に信愛が込められていた。

「レオン……」

「なんだ、その足は。私の胸に飛び込むための準備か、我が妃よ」

飛び下りるつもりで斜めになっていた姉妹の足を目で示し、いつも通りの不敵な笑みを浮かべて揶揄《やゆ》する。

最初は大嫌いだったその笑みに安堵感を覚える日がくるとは、誰が想像しただろう。いやきっと、彼ならばわかっていたのかもしれない、とリリアーヌは苦笑する。なにせ頼んでもいないのに窮地に訪れ、憎まれ、それでいて真綿で包むようにリリアーヌを慈しんだ彼だ。常人の物差しでは計り知れない。

出会ってから初めて、憎悪も戸惑いもない瞳でレオンに応える。同じくらい不敵な笑みを象りたくなり、高らかに言い放った。

「ええ、その通りですわ、夫殿。少し準備に時間がかかりましたけれど」

レオンは一回虚を突かれた顔をして、ははっと笑った。愛しくてたまらない返答を得た、そんなふうに目を細める。

もう一度吹いた風が長く甲高い音を響かせて開戦を急かすと、示し合わせていたように敵味方の兵が並んだ。大きな足が荒い砂利を踏んで、レオンの右横に立つ。

「やれやれ、今回の報奨はなんだ？　湿っぽいネブライアの土地なんてごめんだぜ」

大剣を肩に担いだ格好が様になっている男、カルロスが軽口を叩く。

レオンは呆れたふうに鼻を鳴らし、腰に差していた剣を引き抜いた。

「先日は『あの国の女は色白でいい』とかほざいていたくせにか」

「女と土地は別ものだろ」

「女を育むのが土地だ」

舐めていると言ってもいい会話に、敵兵たちが青筋を立てて頬を引きつらせる。ルチアーノも顔には出さないものの、冷えた眼差しでレオンを見据えた。

「……なぜここがわかった」

「私を舐めてもらっては困るな、賢者よ。あの夜は後れをとったが、情報戦ならば私も負けてはいないつもりだ。貴殿が手配した船は……ああ、丁度あのあたりに沈んでいるのではないか？」

にやりと口端をつり上げ、顎で海を示すレオンとは反対に、ルチアーノは激しい怒りの炎を瞳に滾らす。ぎりぎりと奥歯を噛み、リリアーヌだけでも捕らえるべく一歩を踏み出そうとした。だが足裏が次の場所に着く前に、その予定地点に鋭い鏃が突き刺さる。そこから断続的に矢が落ちてきて、ルチアーノは退かざるをえなくなった。

「あら、私の矢をかわすなんて見どころのある男じゃない。ねえ、カルロス、私はあれと殺し合いたいわ」

「ばーか、あれはレオンの獲物だ」

カルロスの背後にあった木から飛び下りてきた姿を見て、姉妹揃って目を瞠る。

弓を携えた姿は普段とだいぶ雰囲気が違ったが、そこにいたのは毎日顔を合わせていた人物だったのだ。

「ダナ……？」

「ご無事なようで何よりです、王妃様。お散歩はお終いにして、そろそろ帰りましょう」

そう言うダナは、口調だけは真面目な侍女に戻って腰を折る。けれどもう一度伸ばされた肢体には隙がなく、野生動物の美しさを彷彿とさせた。以前は熊男カルロスとは似ても似つかないと思っていたが、こうして並ぶとわかる。彼らは同じ戦場を生き抜いてきた猛者だ。身にまとう空気感がよく似ている。

憧憬に似た思いで観察していると、跳び退いていたルチアーノがゆらりと立ち上がり、静かに剣を抜いた。レオンへと刃先を向け、底冷えのする声で命じる。

「毎回毎回私の邪魔をする目障りな山猿どもが。この海で溺れて死ね」

「知っているか。猿は泳げるらしいぞ」

ふざけたことを言いながらも、剣を構える姿勢には少しも隙がない。そういえばレオンも戦場を駆けてきた者だったのだと、溢れる威圧感で思い出した。

流れた雲が、また光を遮る。暗闇にかき消されたように静寂が落ちて、波音が異様に大きく聞こえた。

そして次に月が顔を出した瞬間、

「ダナ」

「了解」

短い応答が開戦を告げた。

どのようにすれば、そんなにも早く腕が動くのかリリアーヌにはわからないが、一瞬の間に連続して鋭い矢が射られる。他の者が射たものも引き連れ、ダナが作り出した矢の軍勢はルチアーノの私兵たちに降りかかった。

それを避けようと隊列が乱れた時、レオンへと続くまっすぐな道ができた。

導かれる心地で、ふらりと一歩を踏み出す。

「来い！　リリアーヌ！」

「っ、はい！」

今度はもう迷わなかった。エステラと共に、転がる勢いで伸ばされた腕へと駆けていく。

「彼女を行かせるな！　止」

止めろ、と言いかけたルチアーノの顔があった場所を短剣が通りすぎる。投げられた刃をぎりぎりのところで避けたルチアーノは、歯噛みして真紅の鎧を睨みつけた。

「傭兵伯は不意打ちがお好きなのかな」

「すまん、手が滑った」

微塵もすまないと思っていなさそうな顔でうそぶくカルロスは、肩に担いでいた大剣を独特の構えで掲げる。

「もう邪魔しねぇから、あとはお好きにどうぞ。さて、俺は雑魚と遊ぶとしようか」

ふざけた表現がしっくりくる気負いのなさで、彼は剣の柄を握り直す。舐めやがって、との敵兵の声が聞こえたが、瞬きの間にその全員が息を止めた。突然小山が山脈になった、そんな錯覚を起こすほどの威圧感が降りかかってきたからだ。童話の中に出てくる優しい熊は、もうそこにはいない。大剣の向こう側でぎらつく双眸は悪鬼のごとく、血と死を求めて眇《すが》められた。

「おおおおおっ！」

「うっ、うわああーー！」

恐怖に負けた兵の幾人かが剣を振りかざしたが、木枝が風に舞う軽さで薙《な》ぎ倒される。一振りで円形の空間ができ、中央には彼一人が立っているだけだった。

「行け、レオン！　てめぇの嫁さんを泣かせた野郎のナニを叩き斬ってこい！」

「恩に着る」

「恩はいらねぇから高い酒をくれ」

ダナに続き、カルロスが作り出した敵将への道。拓けた道の先で互いを睨むレオンとルチアーノを再び月光が照らすと、夜闇の中に対極の色が浮かび上がった。黄金色の髪は白く聖者の輝きを放ち、一方では伝説の悪魔を思わせる深い漆黒がゆらめく。象徴的な光景だったが、負っている役割はあべこべだ。

「お前を直接殺せる機会が得られるとは思わなかった」

ルチアーノの剣が危うい光を湛える。向けられた刃に緊張感が高まり唾を飲むと、レオンに後ろ手で隠された。広い背に視界が覆われ、ルチアーノが見えなくなる。

「お前は妃として私だけを見ていれば良い」

彼らしい言い方だと苦笑したくなったが、頬が硬直して動かない。様々な感情がないまぜになり、ほとんど無意識に手が伸びた。逞しい背に掌を添え、祈る強さで口にする。

「……死なないでください」

「ふん、無用な心配だな。人に悪魔は殺せない」

私への嫌味ですか、と半眼になれば、真実だと返される。

そうして一際大きな波音が響いた瞬間、それが合図となってレオンの両脚に力がこもった。ざ、と砂利が踏みしめられる音が疾走の始まりを告げ、空気が張りつめる。リリアーヌはすぐさま彼の衛兵に囲まれたが、皆の肩越しに黒い影が駆けていくのが見えた。

「おおおっ！」

「山猿ごときが吠えるな！」

刃がぶつかり合う硬質な音が耳をつんざく。剣は刃を擦り合わせる形で静止し、二人の男の顔を映した。

「その山猿に花嫁を横取りされたのは、どこのどいつだったか。ああ、確かこんな間抜けな顔をしていたな」

「貴様ぁっ！」

怒りの勢いで剣が弾かれ、レオンが横に跳ぶ。着地点を見越した刃が次々と繰り出されたが、いずれも外套の裾を切り裂いただけだった。

攻撃の勢いが緩んだ隙に、今度はレオンが打って出る。体を回転させて刃をかわした流れを生かし、ルチアーノの首めがけて長剣を振り切る。ひゅんと空が裂かれる音がする前にルチアーノが体を屈めれば、その頭上を刃が通り抜けた。切られた金髪が数本舞い上がり、風に流される。

「っ」

ルチアーノは小さく舌打ちをし、すっと目を細める。僅か数回の踏み込みで、対峙している者の力量を悟ったのだ。

ネブライア一の剣士を師に持つルチアーノは、国の大会で優勝するほどの腕前。だが対するレオンも相当の力を持っている。洗練された太刀筋のルチアーノに比べると荒々しい印象で、それだけに周囲を圧倒する迫力があった。

「やるな、賢者。ただの頭でっかちの異常者だと思っていたが、認識を改めよう」

「そちらこそ。異常をきたせぬほどの無知な山猿だとあなどっていたが、剣を振る知性だけは

あるようだ」

距離をとっている間も、双方打ち込む隙を窺っている。挑発し合いながら、その隙を作ろうとしている節もあった。

「すまないが、そろそろ終わりにしないか。一刻も早く城に戻り、我が妃の冷えた体を温めてやらねばならんのだ」

「それならば心配いらない。彼女の体は、先ほど私が温めてやったばかりだ」

剣をかち合わせてからずっと余裕そうだったレオンの表情が崩れる。彼の眉間に刻まれた深い皺を嘲り、ルチアーノが追い打ちをかける。

「生まれてくる子は、きっと金の髪をしているだろう」

その言葉は真っ赤な嘘だったが、レオンを不快にさせるには十分だった。瞳の中で憤怒《ふんぬ》の炎が燃え上がったのを見て、ルチアーノは勝利を確信した。しかし、

「構わん」

「……なんだと?」

予想外の返答で、今度はルチアーノの眉間に皺ができる。

漆黒の瞳の奥で、確かに怒りの炎は燃え盛っていた。けれどそれを湛える両眼は悟りを開いた賢者のように静謐《せいひつ》で、揺るぎない力強さを感じさせた。

「どのような髪であろうと、我が妃の子は我が子だ。また、それによって妃への想いが揺らぐ

ことはない。誰に抱かれようが、最後に頼る腕がこの腕であれば良い」

「く……」

挑発したはずのルチアーノこそが、悔しげな様子で奥歯を噛む。

「貴殿も本当はそうであっただろうに……。狂うほどに、伝承は重かったのか」

「っ、貴様に私の何がわかる！」

洗練されていたはずの太刀筋が乱れ、ネブライアの宝剣が滅茶苦茶に振り回される。

レオンはそれらを冷静にかわし、ルチアーノが大きく剣を振り下ろして動きが止まった一瞬の隙に、斜め上から落とした刃で弾き飛ばした。

自身の勢いすら利用されたルチアーノの剣は、凄まじい衝撃で手から離れる。そのまま、ぎぃんとけたたましい音を鳴らしながら崖の縁へと飛んでいった。

「詰みだ」

長剣の先が腹部をめがけて突き出される。

固唾を飲んで二人の戦いを見守っていたリリアーヌは、その僅か数秒が永遠にも感じられた。息が詰まり、胸が押しつぶされたように締め付けられる。

果たして、これでいいのだろうか。本当に、ルチアーノにすべての罪があるのだろうか。

湧き上がってきた思いは、やっと仇が討てるとの達成感とはほど遠く。消化できない靄《もや》となって内側からリリアーヌの胸を押し上げた。

走馬灯のように駆け抜ける、ルチアーノとの数えきれない思い出——優しく頭を撫でてくれた彼、大丈夫だと抱きしめてくれた彼、涙を拭ってくれた彼……いつだって傍にいてくれた彼が、胸の内に溢れかえる。

気がつけば、意図せず開いた唇から鋭い声を漏らしていた。

「待って!」

「! ……リリアーヌ?」

叫んだ後で、己の身勝手さにはっとする。命をかけて戦ってくれたレオンに要求する内容ではない。

わかっていたが一度外に感情が溢れてしまえば、どうしても言わずにはいられなかった。

驚愕の表情で固まっている二人のもとへ、ゆっくりと歩み寄りながら言葉を続ける。

「……彼を殺さないで」

「だがこの者はお前の国を滅ぼし、父を殺し、そればかりか妹も手にかけようとしていたのだぞ」

「わかっているわ……けれどそれでも、私は彼を殺したくない」

レオンもだが、一番驚いていたのはルチアーノだった。向けられたままの刃よりも、近づいてくるリリアーヌを恐れるように後ずさる。後方には闇が口を開けて待っているばかりで、逃げ場はない。

先ほどとはまったく逆の位置で、リリアーヌはルチアーノと対峙していた。

「そこは危ないわ。戻ってきて」

手を伸ばしたリリアーヌを最初驚きの表情で見つめたルチアーノは、次第にくつくつと笑いだし、嘲る声で言った。

「戻って、どうするつもりだ。君自らの手で私を殺すつもりか」

「いいえ。貴方を殺したところで誰も蘇らないし、私には貴方を殺すだけの恨みはあっても、資格がないから」

「どういう意味だ……」

嘲笑が消え、訝《いぶか》る目が細められる。

リリアーヌは手を伸ばしたまま、怯むことなくレオンの横に並んだ。ちらと斜め上を流し見て、仕方ないといったふうな溜息を確認する。

息を吐ききった後のレオンは、眼差しで「行ってこい」と背を押してくれた。

許可を得て、また距離を詰める。ルチアーノの踵《かかと》が小石を押し出し、それが崖下へと落ちていく音を耳にしたところで動きを止めた。

最後まで言い切れるようにと、大きく息を吸い込む。

「貴方の行いを忘れることはできない。だけど貴方の罪は、私の罪でもある。役目を負う辛さから逃げた、私の弱さが貴方を闇に落としてしまったと言うのなら……貴方が光の下に帰れるように、本当の意味で手を取り合って歩いていきたい」

「手を、取り合って……？」

意味がわからない、といった感じで眉を顰めたルチアーノは、拒絶を表す冷ややかな視線を返してきた。それにも負けず、両足を踏ん張って、腹からの声を出す。

「貴方には、すべてを告白してもらう。いかに卑劣な手段でアルクシアを攻め、その罪をキニシスに被せたのか、洗いざらい。民は聖者と信じてきた金色の賢者に失望し、非難するでしょう。けれど私は……私だけは、貴方の味方であり続ける。貴方の敵として立つつもりはない」

「ふん、偽善者を気取るつもりか？　だが聖者であり続けるためには、偽りの聖者を処断しなければいけない。そうしなれば、裏切り者を始末しない君も民からの非難を浴びるだろう。暴動が起きなくても、君は一部の過激な奴らにとっての暗殺の対象になる」

腕を下ろし、背筋を伸ばす。より声が届くようにと、強い語調を選んだ。

「そうね。けれど、それでも構わない」

「え……」

心から、構わないと言えた。ルチアーノの狂気を肌で感じ、嘆きを知り、聖者を擁立する仕組みに疑問を感じたのだ。今でも『目に見える象徴』がいることを間違ってはいないと思う。が、正しいとも言い切れない。

永遠に聖者という偶像に頼っていては、民はいつか自分の足で歩くことを止めるだろう。寄りかかることしかせず、与えられたぬるま湯の中で思考を放棄する。――リリアーヌがルチアーノという存在の傍で、そうであったように。己の弱さを知った後だから、同じ道を辿るであろう国の未来が想像できた。

もしかしたら、あの緑の迷宮から二人とも抜け出せていなかったのかもしれない。ルチアーノもリリアーヌも、泣いている子供のままだ。

すべての迷いを終わらせるために、もう一度、手を差し出す。

「もし迷ったとしても、二人でいれば必ず出口を見つけられる。どんな時でも私が貴方の手を引いて歩くわ、ルチアーノ。だから……共に罪を背負って生きていきましょう」

かつてルチアーノから贈られた言葉に、自らの想いを乗せて返す。恨み哀しみが消えなくても、これも紛れもない本心だった。

「罪を……二人で……？」

復唱したルチアーノは呆然としている様子だった。リリアーヌの言葉が落雷であったかのように、一度は強ばった両腕を弛緩させ、目を見開き、棒立ちになる。

彼の心に届いたのだとわかり、リリアーヌは泣きながら微笑んだ。

哀しさ、悔しさ、そして彼への親愛が混ざり合った、美しいだけとはいえない涙だった。

「ええ、もう一人にはしない。兄としての貴方を愛してる」

すべての感情を越えた上でその想いを口にしたのだと、ルチアーノはリリアーヌの震えた声から悟ったのか、狂気ばかりだった瞳に涙を浮かべ、悄然とした面持ちで再度呟く。

「罪を、二人で……。二人で……」

そうして幾度も、同じ台詞を口内で転がしていたルチアーノだったが、なぜか途中から様子が変わった。ぼんやりしていた目の中に、徐々に光が戻り、かつてリリアーヌが愛した英知が宿る。

「二人で……か」

「ルチアーノ？」

――呼びかけた、次の瞬間だった。片手で半顔を覆ったルチアーノが。また狂ったように笑い出す。

「はは……罪を二人で、だって？　君を苦しめるためのこの箱庭は、私だけのものだ。分かち合うものではない。勝手に奪おうとするな」

やはり彼の心には届かなかったのだろうか。哀しみに耐えきれずに手を伸ばそうとしたら、ルチアーノの体が沈んで、次に見た時には手に剣を握っていた。レオンに弾き飛ばされていた、あの宝剣だ。

背後のレオンが警戒の体勢に入ったのを、必死になっているリリアーヌは気がつかない。

「ルチアーノ、私は……！」

「愛していると言ったのも、君を絶望させるための嘘だ。この胸にある君への想いは、いつだって憎しみだけだったよ。だから……君も私を恨め。恨んで恨んで、せいぜいこの十八年間は無駄だったと悔やむがいい！」

大きく宝剣が振り上げられる。激情を表す速さで落ちてくる刃を、リリアーヌは息を詰めて見つめていることしかできなかった。

この距離で、国一番と謳われた者の斬撃《ざんげき》をかわすのは無理だ。

絶望の中、時が遅く進むような錯覚を覚え、すべてがよく見えた。そう、すべてが。

「ぐ……っ！」

刃はリリアーヌに届かなかった。先に、後方から突き出された剣がルチアーノの胸を貫いたからだ。

「ルチアーノ!?」

銀色の剣先が胸にめり込み沈んでいく様を、至近距離で、限界まで瞠った瞳に映した。

脱力した体が後方に傾いで、ずるりと刃が抜ける不気味な音がする。完全に抜けきってしまうと、栓を失った肉が大量の鮮血を噴き出した。

温かい血が頬を撫でる。

「ル……」

とっさに伸ばした手が、崖下へと落ちていく彼の指先に触れる。

掠めた瞬間に彼が優しく微笑んだように見えたのは、混乱ゆえの錯覚だったのか、真実だったのか……。答えはすべて、暗い崖下に飲み込まれていった。

「ルチアーノーーー！」

追い縋る勢いで崖下を覗き込むと、後ろから抱き止められた。苦汁を滲ませる声が耳元で響く。

「すまない……お前の願いを叶えてやれなかった」

「レオン……」

レオンは悪くない。彼は己の妃を守ろうとしただけだ。

けれどリリアーヌの位置からは見えたのだ。リリアーヌを斬ろうとしていたはずの手が、直前に力を抜く様が。

（ルチアーノ、貴方は……）

この罪は自分だけのもの――お前に罪はないと、そう叫んでいたようにも思える。

彼本人ではないのだから想像の域を出ないが、ほぼ確信に近いものを感じていた。

恐らくルチアーノは、あえて斬られたのだ。ああすればレオンが斬るほかなくなると知っていて、嘘を吐いた。

彼の生涯で、もっとも下手な嘘を。

「……貴方は嘘つきね」

絶望を飲み込んだ夜が、明けようとしていた。

9.

「……いつからですか」

一連の騒動がやっと落ち着いた後の、とある夕方。アルクシア城のものに似せて造らせたというキニシスの庭園で足を止めたリリアーヌは、前ふりなしで問いかけた。

隣にいたレオンが小さく息を吐く気配がして、この質問がされるであろうことを彼が予期していたのだと察する。

「いつから、か……」

問いかけを咀嚼《そしゃく》しているような、しみじみとした響きだった。今日の暖かな気温のせいか、呟く彼の横顔は老成した王を思わせる穏やかさで、共にいる者の心をも落ち着ける。

あのルチアーノと戦った日から、レオンは少しだけ変わった。王者然とした態度はそのままだが、一つ肩の荷を下ろした――そんな印象を受ける。それだけ彼の中に堆積していた真実は、重くなっていたのだろう。

光を孕んだ新緑が風に揺れ、沈黙を茶化す葉擦れの音を立てる。長い漆黒の髪がさらりと流れるのを目で追い、滝の前まで移動する彼の背を見つめた。

「ずっと前からだ。ずっと前から、お前を見つめていた……。その理由をひも解くとしたら、私が生まれた頃からの話になるだろう」

問いかけには「いつから自分を見ていたのか」との意味が含まれていた。口に出さなくても、そのすべてを把握しているふうに返され、互いに積み重ねてきた時間の濃さを思う。

共にいたのがたった数か月だとしても、少しの言葉で相手の内心を察することができるほど、心が通じ合っている。

嬉しくなって微笑むと、肩越しに視線を向けたレオンと目が合った。

なんだか照れくさいような気分で、互いに息だけの笑いをこぼす。

「……私の母は先代皇帝の正妃だったが、父は多情な方でな。母だけでは満足できず、多くの妾《めかけ》を抱えていた。母も政略結婚で嫁いできた身だったから、割り切ってはいたようだが……それでもやはり、寂しかったのだろうな。よく『愛など、子を残すための虚飾《きょしょく》に過ぎぬ』と口癖のように言っていた。まるで呪いのように、何度も、何度も……」

レオンの生い立ちを聞くのは初めてだったから、真実云々を抜きにしても興味をそそられる。

短い沈黙で心が逸り、僅かに距離を詰めた。靴先が砂利《じゃり》を弾く感覚にも急かされる。

己の中で感情の整理をしているのか、語り出すレオンが俯きがちになる。

「その母の口癖を聞かされ続けたせいか、私も物心つく頃にはそうとしか思えなくなっていた。

誰も心から愛せず、また愛など所詮は幻想だと諦めてもいた。だがあの日……幼いお前の誕生日を祝う宴の席に招かれた時、見てしまった。お前が身を挺して、婚約者であるネブライアの王子を守ったところを……」

「！　レオン様もいらしていたのですか？」

「あの時期は両国の間に摩擦がなかったからな。アルクシア側としては姫の誕生祝いを口実に、王位を継ぐであろう私がどんな人間なのか、見極めようとしていたのだろう」

庭園を吹き抜ける風がレオンの髪を撫で上げ、表情を露わにする。過ぎし日を思い目を細める彼は、懐かしそうに微笑んでいた。

リリアーヌを知るきっかけとなった日を、大切なものとして胸にしまっているのだろう。柔らかな表情からは喜びが感じられた。

レオンは開いた手の中に何かがあるかのように――いや、事実そこには彼の決意が載っているのであろう強さで――自身の掌をじっと見つめた。

「その日を境に、私の心の中で何かが変わった。お前の情熱を目の当たりにして、あのように激しく、強く、愛されてみたいと願うようになった。そして叶うならば……あの強き心を持った姫がほしい、と」

聞いているリリアーヌが頬を染めるくらい、恋心の芽生えを赤裸々に語るレオンは、まるで宝物を自慢する少年のように生き生きと瞳を輝かせた。

しかし言葉が途切れた次の瞬間から、徐々に輝きが失せていく。

再び視線が落ち、声音に切なさが混じる。

「……だがお前には既に、身を挺しても構わないほどに愛している婚約者がいた。だから私は己の願いを封じ、お前の幸せを祈ろうと決めたのだ。決して触れず、ただ遠くから見つめるだけで満足しようと……」

確かにリリアーヌは、落城の日に出会うまでレオンの存在を意識していなかった。それは彼が懸命に己の欲求を抑え、身を潜めていたからなのだろう。すべては、リリアーヌの幸せのために。

知らないところで積み上がっていた恋情の大きさに衝撃が走り、胸を突かれる。

これほどまでに強い想いを持っていながら語ることさえしなかったとは、どれほどの苦しみを伴っただろう。

想像したリリアーヌも苦しくなり、強く掌を握りしめた。

「本当に、ただ見つめるだけで満足していたのですか……？」

思わず口から漏れてしまった問いかけに、レオンが苦笑で返す。

「『ただ』と言っても、他国の姫を見つめるのは意外と大変でな。ネブライアほど友好国でもなかったから、気軽に城を訪れるわけにもいかない。だから外遊先でお前が舞踏会に出ると聞いては、他国の貴族だと身分を偽って、潜り込むことすらした」

「ただ私を見るためだけに、そこまでの努力を……？」

レオンの地味とも派手ともいえる水面下の行動には驚かざるをえない。幻の芸術品でもあるまいし、誰がそこまでの労力を使って一人の人間を見に行くだろう。

半ば呆気に取られてつい言ってしまうと、レオンが拗《す》ねたような目を向けてきた。

「今、私を変態だと思ったな？」

「い、いえ変態だとは……。少し驚きましたけれど……」

本当はかなり驚いていたが、それを明かすと話が終わってしまうかもしれないと思ったリリアーヌは、言葉を選びつつ付け足した。

その控えめな表現で安堵したのか、レオンはどこか遠くに目先を移し、うっとりしていると言っていい口調で語り出した。

「今も美しいが、あの時の楽しそうに踊っていたお前の、なんと愛らしかったことか……。幾度お前の足下に跪いて、ダンスの相手を申し込みたいと思ったか数えきれない」

「跪いて、ですか……」

「そうできなくて残念だった」

その言い方が本当に残念そうだったから、なおさら反応に困った。実際に跪かれていたら、相当戸惑っただろう。

跪くレオンを想像してなんとも言えない顔をしていると、語る声が唐突に暗くなった。

「そうして見つめるだけで満足する日々が続いていたが……ある時、他国からの密告で気がついてしまった」

「密告？」

「お前も、私が南方の島国を併合したのは知っているだろう。あの国の宰相が『民のことを少しも考えない王には、もうついてはいけない』と言って、王が密かに進めていたネブライアとの裏取引を明かしてくれたのだ。それによって……ルチアーノの狂気を知った」

語尾が震えたのは、怒りのせいばかりではない。

俯けられた瞳に悲しみが滲んでいるのを見て、リリアーヌはレオンの当時の心境を思った。

見つめる愛に終始していたレオンのことだから、それ以上を望める立場——婚約者であるルチアーノに対する羨望があったのかもしれない。

よくもリリアーヌを傷つけたな、という怒り。なぜ望むものを手に入れながら大事にできないのか、との疑問。そして悲しみ。それらがない交ぜになった感情を彼は抱えていたのだろう。

「私はアルクシアを守ろうとすぐさまルチアーノの本性を綴《つづ》った手紙を書き、同盟を申し出たが……アルクシアとネブライアの信頼関係は強く、また軍国主義だった父のせいで、何かしらの企みがあるのだろうと思われてしまってな……。ならばとお前との婚約を願い出たが、まったく聞く耳を持ってもらえなかった」

リリアーヌは父のアルクシア王が、渋い顔でキニシスについて話していた時のことを思い出した。あの時は求婚されていたなどと知るよしもなかったから、疑問を覚えつつも単に軍国主義を嫌っているだけなのだろうと考えていたが、レオンの話を聞いて合点がいった。

父王は、レオンがアルクシアの領土を狙って同盟や求婚を申し出ているのではないかと勘繰《かんぐ》り、腹を立てていたのだ。

まあアルクシアとネブライアは古くからの同盟国であり、王同士も幼馴染みであったから、仕方がなかったのかもしれないが……。

まさか信頼する男の息子が、今か今かと狂気を滾らせているなどとは想像だにしなかっただろう。

「そうして焦れていた頃、先代のネブライア王が病床につき、ついに王子であったルチアーノが政権を握ってしまった。奴は早速アルクシアを滅ぼそうと動き始め、もはや打つ手がないと悟った私は……ルチアーノを滅ぼすか、奴に加担する国を併合するかで迷った」

「そこで迷うところが、貴方らしいといいますか、なんといいますか……」

出会ったばかりの頃ならば、間違ってもこうは言わなかった。だがレオンの内面を知った今は、この葛藤の仕方が実にレオンらしいと頷いてしまう。以前カルロスが「あいつは思い詰めやすい」と言っていたが、まさしくそうだと納得してしまった。

レオンという男は、実にまっすぐだ。まっすぐすぎて曲がることを知らないから、たまに思考の内容が常人では考えられない方向に飛んで行く。

（決断することがすべて極端なのよね）

信用してもらえない、手を差し伸べようとしても断られる、けれど諦められない。この条件下において、恐らくは多くの人間がまっさきに「もうルチアーノをどうにかしてしまおう」と考えるだろう。国を狙うより個人を狙ったほうが容易だし、危険も減る。わざわざ手を結ぶ先を潰していこうとする男は、レオンくらいなものだ。

呆れとも感心ともつかない溜息と共に、小言が口を突いて出る。

「当時にそうされたかったわけではありませんが……、彼を倒そうとは考えなかったのですか。私を守るためだけに国を動かすのは勝手でございましょう」

「ああ、勝手だな。だがそれがどうした。私はお前を守るために王をやっていたのだ。誰に責められようが後悔も反省もしない。ただ哀れには思うゆえに、私の民となった者たちには可能な限りの還元をしているがな」

リリアーヌは眉間を揉みつつ、いっそう盛大な溜息を吐く。

ある意味潔いとも言えるが、その生き様は無謀極まりない。

彼の言う「還元」が口先だけのものではなく、己の身すら顧みずに民を守る行為だと知っているから、理解してしまうと途端に不安になるのだ。

（キニシスに併合されて、むしろ生活が楽になったと喜んでいる民も多いというし、国政の面だけでいえばよくなっているのかもしれないけれど……）

だが身近な人間からしてみれば、いつか体を壊してしまうのではないかと心配になる生き方だ。

「以前は否定されましたが……貴方は優しすぎます。ですが過ぎる優しさは身を滅ぼす毒にもなりましょう」

「もう一度否定するが、これは優しさではない。お前を傷つけたくないという私の身勝手だ」

「私を傷つけないため……？　それはどういう意味ですか」

「お前は自身の命をかけてまでルチアーノを守った。その奴の命を奪えば、お前が深く傷つく……。だから私は、どうにかしてルチアーノを改心させられないかと考えたのだ。情報網を張り巡らせ、奴が行くところに先回りをし、奴の手を取ろうとした国をことごとく併合した。いつかは狂気を捨てて、お前への純粋な愛を取り戻してくれるに違いないと信じて……」

勢いこんで説明していた口がだんだんと小さくなり、物憂《ものう》げに閉じられる。

「そんなふうに繰り返していたら……いつの間にか、意図せず奴の箱庭を横取りする形になっていた……」

溜息を吐いたリリアーヌは、次に目元に力を入れて顔を上げた。

今後レオンと時間を共にするのであれば、ここで言っておかなければならないだろうと気合いを入れる。

「貴方はやることなすこと、規模が大きすぎます。説明されたとしても、一人の人間のためにそんな大ごとを考えているとは、にわかには信用できません。身内を擁護するわけではありませんが、お父様がお断りしても仕方がないかと」

「そうだな……信用してもらうために、私自身の命をかけた誓約書でも書いておけばよかった」

（だから、そういう問題ではないというのに……）

攫われた時とは違った意味で眩暈を覚える。

方向性は違えど、一人の人間にかける情熱や執着がルチアーノと同等かそれ以上だ。なにせ幼馴染みでもない、言葉も交わしたことがない女のために戦い続けてきたのだから。

「だが……そんな私にもついに好機が巡ってきた。死を悟ったネブライアの国王が、旧友であるアルクシア国王に『息子の本性』を綴った手紙を出したのだ」

「！　まさか、そ……」

まさかそんな、と言おうとして口が固まる。以前病床のネブライア王を見舞った時の、妙な違和感が脳裏を過ぎったからだ。

彼は見舞いに訪れたリリアーヌの手を取り、しきりに涙を流して、謝罪の言葉を繰り返していた。

すまない、私が過ちを認めたくなかったばかりに、皆を不幸にしてしまう……と。

（あの時は病で気が弱っていらっしゃるのだと思っていたけれど……）

先代ネブライア王は、息子が秘めている狂気に薄々でも気づいていたのだろう。あの時、彼の涙が沁みた手の甲に触れ、ぽつりと呟く。

「言ってくだされば、お心を軽くすることができたかもしれないのに……」

ネブライア王のためらいを責めているわけではない。死に向かう彼を、後悔の念だけで逝かせたことが悔やまれた。

「ネブライア王としても、息子が狂人だとは認めたくなかったのだろう。王とはいえ、子の親だ。責める者もいるだろうが、私は非難する気にはなれない」

「そうですね……」

同意を返すと、レオンは短く笑って肩を揺らした。リリアーヌの意味を問う目に、柔らかな笑みで応える。

「つくづく、お人好しな奴だな。あれだけの辛い目にあわされたのだから、お前は怒っても良いだろうに」

「あの方の沈黙を責めるのは、無意識にルチアーノの狂気を否定し続けた私自身を責めるのと同じです。だからというわけでもありませんが……家族を愛し、信じた結果を責めたくはないのです」

ふ、と笑ったレオンがリリアーヌの前に戻ってくる。

見下ろしてくる瞳は出会った頃と変わらない漆黒のはずなのに、今はその黒を悪魔の色だとは思わない。

温かくも見えるそれに見惚れていると、優しく頬を包まれた。

「お前は、あの獣に噛まれた時から少しも変わっていないな。見かけは繊細な姫君なのに、内側は熱く、激しく、大きな愛で満ちている。だから何があっても倒れずにいられるのだろう」

「わ、私は普通の女です。レオン様は買いかぶり過ぎで……！」

「異論は認めぬ」

反論しようとした唇が軽く啄《ついば》まれる。甘く抗議を封じられ、リリアーヌは頬を染めて視線を逸らした。

「そ、それで、お父様が貴方のところに遣いを？」

このままでは甘い空気に飲まれて本題を忘れてしまいそうだ。照れ隠しもあって、早口で質問をする。

レオンは口づけが中断されたことを残念そうにしながらも、順を追って話し始めた。

「ああ、アルクシア国王は私が言っていたことが真実だったと知ると、早速私に遣いを出してきてな。謝罪すると共に、求婚の返事を出してくれた」

書面を瞼の裏に描いているのか、切れ長の双眸が一旦閉ざされる。

「『娘と国を不幸にするわけにはいかない。貴殿の申し出を受けよう。娘を一刻も早く逃がすため、安全な夜に迎えにきてほしい』とな」

「！　ではあの隠し通路の存在を明かしたのは……」

「そう。ほかでもないお前の父……アルクシア王だ」

話の流れである程度は予想していたとはいえ、驚きで声を詰まらせる。

なにせあの通路は、アルクシアの王族にしか伝えられてこなかった重要機密なのだ。それを外部の、しかも他国の王に明かしたのだから、父王は相当な覚悟をもってレオンの求めに応えたのだろう。

（それでもお父様は、危機的な状況だというだけの理由ならば、あの通路を明かしはしなかったはず。たぶん、それだけレオンを信じたのだわ）

せっぱ詰まった状況だったのもあるだろうが、決断に導いたのはレオンの情熱だったのではないかと思う。

何度断られても、卑下されても、めげずにリリアーヌを救おうとしたレオンだからこそ、父王は心を動かされた。

「それで、あの夜……」

「そうだ。私とアルクシア王は、あの夜にお前を逃がそうと秘密裏に計画を進めていた。が……次に情報戦で負けたのは、私のほうだった」

悔しげに眉を寄せたレオンが言うには、どこかで情報が漏れたらしい。

もしかしたら、秘密裏に計画を進めていたのが裏目に出て、誰かが父王の判断に疑問を覚えたのかもしれない。

ルチアーノはその弱っている部分を探したのだろう。

臣下の顔を一人一人思い出していたリリアーヌは、レオンの深い溜息で意識を引き戻される。

「間抜けな話だがな。まんまと計画を逆手に取られ、キニシスの軍隊を装ったネブライアに……と、あとはお前も知っての通りだ」

「そうとは知らず、私は……」

出会い頭にレオンの話を聞かず、散々に罵ってしまった。

後悔に胸を焼かれていると、レオンは苦笑して額と額を合わせた。

こつん、と優しくぶつかった感触が心地よく、その場所からレオンの気持ちが流れ込んでくる気がした。

「私は意図してお前に憎まれた。そうなるよう望んだのは私のほうだったのだから、お前は少しも悪くない」

意図して――明言されたことで、ああやっぱり、と納得する。ずっと胸につかえていた棘が、やっと抜けた。

安堵と喜びが広がり、潤んだ目を開ける。

「なぜあのような偽りを……？　貴方はずっと、私を愛してくださっていたのでしょう？」

問われたレオンは深く瞼を落とし、己の中に封じてきた言葉を慎重に取り出しているようだった。

息を吸い、瞼を上げ、一語一語をはっきりと告げる。

「……愛している。お前に世界のすべて、私の命を捧げてしまいたいほどに」

「レオン様……」

耳から入った言葉が胸に刺さり、溶けて、膨大な熱量で全身に広がる。

喜びが過ぎると震えが止まらなくなるのだと、リリアーヌは初めて知った。

こぼれた大粒の涙はレオンの唇によって拭われ、震えは温かな掌で宥められる。

リリアーヌは小さくしゃくりあげながら、続く穏やかな声を聞いていた。

「戦場や政局で裏切りにあった時、幾度も人の愛を疑った。だがお前が生きているだけで、確かに愛は存在するのだと安心できた。お前はいつだって、私の心の支えだった……」

「どうしてそれを明かしてくださらなかったのですか？　知っていれば私は……」

「愛しているからこそ、真実を言うのを止めた」

間近で歪んだ唇を見つめ、リリアーヌも下唇を噛む。レオンの苦しさが伝わってきて、どうしようもなく切なくなった。

「父と国を失い、その上愛する者との幸福な記憶まで奪ってしまうのは……忍びなくてな。お前からすべてを奪ってしまうくらいならば、私が憎まれたほうがいいと思った。国を滅ぼした、残虐で傍若無人な皇帝として……」

真実を明かせば、ルチアーノと共にあった幸福が崩れ去る。あの時点では唯一残された、最後の幸福をだ。だからレオンは、己が悪者として恨まれることで、リリアーヌの中にある幸せだった頃の記憶を守ろうとした。

(でもそれは、歪《いびつ》な守り方だわ……)

ここで「今度は私が姫に愛され、慰めよう」とならないところも、レオンらしいのかもしれない。

見つめるだけだった期間が長すぎたせいか、己が愛される可能性を最初から排除している。ルチアーノを愛していたリリアーヌを丸ごと受け入れていたといえば聞こえはいいが、心が変化をしないと決めつけられていたようにも考えられる。

人は生きている限り、永遠に変わっていく。人との触れ合いがまったくない人間ですら、積み重ねた時間の重みで、気がつかない内に変わっていくものだ。

それを否定されるのは、少し悲しい。

「私から、貴方を愛する可能性を奪わないでください……」

願いを込めて口にすれば、レオンは裁きを待つ罪人のように苦しげに言った。

「すまなかった……。今さらこう謝ったところで、お前の心は晴れないだろうが……」

リリアーヌは息を吸って呼吸を整えた後、軽く唇を触れ合わせる。驚いた顔を見て、泣き濡れた頬を緩めた。

「貴方の愛が、私と妹を絶望から救った。だから……確かに傷つけられもしたけれど、今の私は貴方を憎んではいません」

「私を許すと言うのか？」

「先ほども言ったでしょう。許す許さないの問題ではなく、愛する者を思っての行動を責めたくはないのです。誰かに甘いと言われようが、私はそうしたくない。それに今は私も……レオン、貴方を愛しているから」

名を口にした瞬間、はっとレオンの瞳が瞠られ、リリアーヌも自然と呼んでしまっていたことに気がついた。

レオンの次第に細められた両眼は今にも泣き出してしまいそうに潤み、喜びを浮かべる。つられたリリアーヌの目からも涙が溢れ、泣きながらもう一度名を呼んだ。

「レオン……」

「っ、馬鹿者……そのような声で名を呼ばれては、もう離してやれないではないか」

背が反るほど強く抱きしめられ、少しの息苦しさを覚える。それでも離してほしくなくて、両腕で抱きしめ返す。むしろもっと強く、もっと激しく求めてほしいとすら思った。

「貴方にならば、永遠に捕まっていてもいい」

「お前は私の強欲さを知らないから、そう言えるのだ。私がどんなにお前を愛しているのか、わかっていないだろう……」

確かにレオンの愛は規模が大きすぎて、すべては把握しきれていないだろう。

けれどそれを恐れる気持ちよりも、今は受け入れたいという思いが勝っていた。

「ではどれほどなのか、教えてください……」

レオンは一度ぐっと下唇を噛みしめ、堪えきれないといった様子で吐息を漏らす。

その息が枷《かせ》であったように、すべてを吐ききった後のレオンは眼差しの質を変えた。

激しく、熱く、それでいてしっとりと肌に馴染む夜露のごとく、身の内に入り込んでくる欲望。

リリアーヌだけに向けられた妖しい色香に眩暈を起こし、逞しい胸に体を預けた。

「教えてやろう。言葉では語り尽くせないほどの想いを、この体に刻んでやる……」

ふわりと体が浮いたかと思えば、ごく自然な動作で横抱きにされていた。

首にしがみつき、赤く染まった顔を伏せる。

「このまま運ぶが、異論はないな？」

「あったとしても、貴方は一度決めたら譲らないでしょう」

照れ隠しで拗ねた声を出すと、レオンが喉奥で笑う。その掠れ気味の笑い声にも色香を感じて、頬が火照った。

「さすが我が妃。よくわかっている」

そうして宝物のように抱かれながら、部屋までの道のりを揺られていった。

貴婦人がドレスの裾を引くように、慎ましやかに、けれど追い縋ることを許さない速さで夕暮れ時の色が引いていく。

赤くなった顔をごまかせると安心していたリリアーヌは、訪れた夜に苦情を言いたくなった。ただでさえ横抱きにされて運ばれている状況なのに、その上今さらレオンを意識していると知られては、恥ずかしすぎてわめいてしまいそうだ。

羞恥心から黙り込んだリリアーヌの顔を、レオンが気遣わしげに覗き込んでくる。近づいた分だけレオンの匂いが濃くなり、また体温が上がる。

「大丈夫か？　もし体調が優れないようなら、また今度にしても……」

「いえ！　どこも悪くはありませんので、ぜひ今宵に！」

「そ、そうか」

不必要なまでに元気いっぱいに言ってしまった後で、我に返って茹《ゆ》で蛸《だこ》状態になる。

（これでは、ものすごく抱かれたいみたいだわ……）

内心で悶絶していたリリアーヌだったが、ふと思い直し、緊張で握りしめていた手から力を抜く。

（いえ……私は抱かれたいのだわ。自分から、レオンに抱かれたいと望んでいる）

一つの決意をして、逞しい胸元に耳を寄せる。今にして思えば、ここから響いてくる鼓動は雄弁に愛を物語っていたというのに、怒りに囚われ、気がつけなかった。

想いの強さを伝える早鐘に耳を傾けながら、扉が開かれる音を聞いた。


「ここからは、下ろしてもらえませんか」

部屋について早々のお願いに、レオンは首を傾げた。不安そうな顔には「やはり嫌なのか？」と書いてある。

感情そのままの表情が愛しくて、リリアーヌはくすりと笑った。床に足裏をつけ、レオンと向かい合い、瞳を見つめて言う。

「今宵の私は奪われるのではなく、望んで貴方に抱かれるのです。だから自らの足で、寝台にまで歩いていきたい」

「リリアーヌ……」

意図せず名を呟いたレオンは、喜んでいるのか、泣きそうなのか、わからない顔をした。恐らくは両方だろう。嬉しすぎて暴走しそうな感情をどうしたら良いのか、そう悶えるように唇を噛んでいる。

中途半端に伸ばされたレオンの手が、二人の体の間で開いたり閉じたりを繰り返す。

その手にどう反応するべきかと、リリアーヌは小さな疑問の声を上げた。

「？　えっと……」

するとレオンは噛みしめた歯の間から押し出すように、ゆっくりと答えた。

「非常にまずい事態だ……」

「な、何がでしょうか」

「今お前に触れたら、寝台に行く前に押し倒してしまう」

一瞬冗談かと思ったが、レオンの表情はいたって真面目だった。真面目だからこそ面白くて、つい吹き出してしまう。

笑われたレオンは拗ねたふうに口を引き結んだ後、半眼になって抗議した。

「仕方ないだろう。死ぬまで愛してはもらえないだろうと覚悟していたところに、先ほどの台詞だ。私を追いつめたいとしか思えない」

「追いつめるつもりなんて……」

「追いつめられているぞ。下のほうは、特に……」

欲情で掠れた声に続いて、男らしい体が迫ってくる。

押しつけられた腰にはっとして、リリアーヌは頬を染めた。下品にも思える動作だったが、強く求められている証のようで嬉しくなってしまう。

「こんなに野蛮で下品な男だが、それでもお前は、自らの意志で抱かれると言ってくれるだろうか」

行動とあべこべな発言に本日幾度目かわからない、レオンらしさを感じる。

普段は強気なのに、妙なところで自信がない。押しはしても、受け入れられるかどうかの瀬戸際になると身を引く。要は恋愛ごとに関しては、リリアーヌ以上に奥手……とも違うかもしれないが、臆病なのかもしれない。

切なげな目を見ていたら、そんな部分も含めて、レオンを丸ごと愛したいという衝動がわいてきた。中途半端なところで浮いていた手を取り、自身の頬に宛がう。

「このように頬が染まってしまうのは、誰のせいだと思っているのですか」

「人は怒りでも頬を染める」

あくまで決定的な言葉を言わそうとするレオンに焦れて、少しだけ手の甲をつねる。

レオンは思いもよらないリリアーヌの行動に驚いた顔をしてから、はは、と軽やかに笑った。

「すまない……お前の愛を得られた奇跡が、まだ信じられなくてな」

もう片方の手もリリアーヌの頬に添えながら、女神でも拝むように目を細める。

その愛しくてたまらないと語る視線に、リリアーヌはあえてわざとらしい溜息をついた。

(大事に思ってくれるのは嬉しいけれど、ただの女でしかない私を、レオンは特別視し過ぎだわ)

もう見つめるだけの恋は終わっているのだから、もっと勇気を持って、生身の体に、心に触れてほしい。この身は特別なものでも何でもなく、レオンの愛を求める、ただ一人の女の体なのだから。

やきもきする気持ちが抑えられなくなり、自分でも驚くほどの行動をとっていた。

「！　な、何をしているのだ？」

「貴方が悪いんです」

動揺で微かに上擦った声を耳の後ろで聞く。拒否される前にと、興奮を示すレオンの昂りに布の上から触れた。

既に布を押し上げるほどに存在感を主張していたそこは、少し指先で触れただけでも顕著に反応する。びくりとした動きを爪先で感じ、リリアーヌの鼓動も速まった。

本当は、心臓が躍り出てしまうのではないかと思うほど緊張しているし、女性から積極的になるのはいけないのではないかという不安もある。けれど、レオンの壁を破るには、固いそれを打ち破るほどの衝撃が必要だと思ったのだ。

「もう、こんなに……」

揶揄するつもりはなく、単純に大きさに驚いての台詞だった。以前からかなりの大きさだと思っていたが、こうしてじっと見てみると、普段はどうやって収めているのだろうと不思議になってくる。

レオンは凝視するリリアーヌを押し退けることもできず、珍しく声を詰まらせ、気まずそうに顔を背けた。

一瞬不快にさせてしまったのかと焦ったが、赤くなった耳で照れているのだとわかり、ほっとする。

「もっと、触れてもいいですか？」

「……お前が望むのなら、私は何も拒まない」

許可を得て、リリアーヌの指はいっそう大胆になる。羞恥心を上回る、レオンに触れたいという欲求が溢れていた。

人差し指でなぞられた肉茎が、再び痙攣する。愛撫を喜んでくれているのだと知り、また勇気づけられた。

「っ……リリアーヌ……」

微かに漏れ出たレオンの息がうなじにかかり、ぞくりと肌が粟立つ。それがどうしても堪えきれない、という感じの熱い吐息だったから、リリアーヌも煽られてしまった。

大きく息を吸い込んだ時、自分もたまらなく興奮しているのだと気がつく。「はしたないのでは」と不安になる一方で、このまま熱情をぶつけてしまいたいとも思う。

もっともっと、レオンに気持ちよくなってもらいたい。

自然と生まれた感情に、リリアーヌは突き動かされた。

「リリアーヌ……？」

「どうか、そのまま……」

言いながら、心臓が壊れそうに早鐘を打っているのを感じる。リリアーヌにとっては、船で世界を一周するよりも大冒険をしようとしていた。

(怯んではだめよ、リリアーヌ。今宵は私もレオンを気持ちよくさせるのだから)

冒険に出る前よろしく気合いを入れる。

慌てて止めようとする手をすり抜けて膝を曲げると、跪く姿勢をとり、黒衣の前をくつろげた。

(！　これが……)

いつも自分の中に入っているのか、と飛び出してきた剛直を目にして固まる。間近で見るそれは予想を遥かに超えていて、動揺を隠しきれなかった。

リリアーヌの視線に晒されたからか、血管を浮かせて張りつめていた剛直が、大げさに跳ねる。びくびくと動く様は別の生き物のようで、思わずまじまじと観察してしまった。恥じらって目を逸らす、という行動もできないくらい衝撃的な光景だった。

「……そのように見つめるな。見ていて面白いものでもあるまい」

「あっ、ご、ごめんなさい。つい……」

面白くはないが、興味深くはあった。これがレオンの体の一部だと思うと不思議と愛しさすらこみ上げてきて、震える先端を包んでしまいたいとすら思う。

(レオンも、こういう気持ちだったのかしら)

体を重ねる時、レオンはリリアーヌの花芯に愛しそうに口づける。

その時のレオンの熱い咥内の感触を思い出せば、はしたなくも下肢の間が疼いた。

(あれと、同じようにすれば……)

なにしろ知識がないから、与えられた愛撫の真似をするしかない。頭の中で予行演習をして、たぶんこうだろうという結論を出す。

触るだけでも顕著に反応していたのだ、口での愛撫を施したらどうなるのだろう。

欲求に押され、リリアーヌはどきどきと胸を騒がせながら唇を寄せた。

「っ!?」

いきなり唇で触れてくるとは予想していなかったらしく、レオンは驚きで息を詰まらせた。

とっさにリリアーヌの頭を押しとどめようとして、掌をぐっと握る。

「好きにしろとは言ったが、こうも積極的にされると……」

もしや嫌われたかと不安になり、肉茎に手を添えたまま上目遣いになる。

それを見たレオンの喉がこくりと鳴る。

「抑えが……きかなくなる……」

「なってください。私は、貴方の妻なのですから」

宝物として扱われるのは嬉しいけれど、一線を引かれているようで寂しくもなる。

今宵は激しく求められ、見つめ見つめられるだけの関係ではなくなったのだと実感したかった。

興奮で跳ねる肉茎に手を添え、再び唇を寄せる。

「ん……ふ……こんな、感じでしょうか……」

やや顔を傾け、張りつめた裏すじを唇の内側でなぞりあげる。先端に行き着く頃には透明な雫が滲み出ていて、愛撫する唇を湿らせた。ちろりと出した舌で鈴口を舐めてみれば、ほんのりと苦い、独特の味がした。

「は……っ、く……」

欲情を感じせる吐息、声を聞く度に、リリアーヌの興奮も高まる。

唇の内側が擦れる感触も心地よくて、気がつけばもっととねだるように先端を口に含んでいた。その勢いで奥まで飲み込もうとしたのだが、レオンのものは大きすぎて、えづいてしまう。

「けほっ、んんっ」

「無理をするな。今宵はここで止めても……」

「でも、いつもレオンは、もっと色々としてくれています。私も同じだけ……いいえ、もっと返したい」

先端を舐りながら仕切り直す。奥まで含むのは諦め、三分の一ほどを咥えた状態で舌を動かしてみる。

それは技巧も何もない、ただがむしゃらなだけの愛撫だったが、レオンには十分だったらしい。膨れていた肉茎がますます太く、硬くなり、口内で暴れる。

押さえ込むように頬をすぼめると、じゅ、という湿った音が響いた。

舌や唇で反応を確かめながら、レオンが気持ちいいと感じる場所を探す。

「はあ……きもち、いいですか……？」

「っ、聞くな」

「でも、……聞かないと、わかりませんから……んん、教えてください」

実際にやってみると、口での愛撫は思いのほか体力が必要だった。口が塞がっているから息は苦しいし、ああでもないこうでもないと試すのは結構な集中力がいる。だから協力してほしかったのだが、レオンはまるで苦行に耐えるように眉根を寄せていた。

もしかして痛いのだろうか。それか、あまりにも下手で呆れているのだろうか。

レオンを満足させられない不甲斐なさで涙が滲み、弱々しい声で問いかけた。

「痛いのですか？」

「だから聞くなと言っている」

「やはり……ん……私のやり方では、気持ちよくありませんか……」

「そうではない。……今、違うことを考えているのだ」

「はい？」

「違うことを考えていないと……達してしまいそうになる」

つまり達してしまわないよう、口淫を受けている間、必死で違う想像をしていたらしい。

わかった途端、リリアーヌも余裕などないはずなのに、笑いたくなった。さすがにそれは失礼だと思い、なんとか堪える。けれど肩の震えだけは抑えられなくて、レオンに見つかってしまった。

「……笑うな」

じと目で睨まれて謝るも、どうしても我慢できなくて、しまいにはクスクスとした笑い声が漏れる。笑い続けていたら、ふっと影が落ちてきて、

「言うことを聞けない妃には、仕置きが必要だな」

「え？　んんっ!?　ん……」

同じく床に膝をついたレオンに、息を奪われる。貪る勢いで合わさってきた唇は熱く、レオンの興奮を伝えてきた。

「はあ……」

幸せな息苦しさを覚えて大きく口を開けば、すかさず舌が侵入してきて、口淫でぬめっていた頬の内側をなぞられる。

刺激されて溢れた唾液が、口端から漏れて顎を伝った。

「初めてお前を見た瞬間から、こうして触れたいと思っていた……」

言いながら、レオンは口づけを再開する。そうしながら、焦れた様子で自身の服を脱ぎ捨てた。リリアーヌが酸欠と興奮でぼんやりしている内に、純白のドレスも手早く脱がす。

露わになった白い肌に、感嘆の吐息がかかった。

「ああ……本当にお前は、すべてが可愛らしい。こうしてドレスを脱がせただけで満足しそうになる」

「ん……」

すっかりレオンの愛撫に慣れた体は、背を撫でられただけでも快感を覚えてびくつく。その肌を熱く劣情を含んだ視線でなぞられると、触れられてもいないというのに蜜が溢れてきてしまう。

無意識に下肢を擦り合わせる動きをしていたリリアーヌは、ぬるりとした感触に驚き、慌てた。既に口淫をしている間に湿っていたのか、腿の付け根まで濡れている。

淫らな体だと言われるのが恥ずかしくて隠すように腰を逃がせば、その腰に逞しい腕が回され、引き寄せられた。

顎を掴まれて上向いた瞳に、レオンの意地悪な笑みが映る。

「恥じることはない。私の前でだけ淫らになるのなら、むしろ喜ばしいというものだ。私だけが、お前のこの顔を見られる……」

「もう、やはり貴方は意地悪ですね」

このまま愛撫を受けたら、リリアーヌこそが床の上でレオンの熱をねだってしまいそうだった。そのくらい気持ちが急いている。

そんなのはだめだと思うのに、下肢の間がぬるついてたまらない。いつから自分の体はこんなにいやらしくなってしまったのだろうと泣きたい気持ちにすらなった。

照れ隠しもあって、顔を背けながらレオンの手を引っ張る。そのまま、寝台に向かって歩いていった。途中、これでは早く繋がりたいと訴えているようだと気づいたが、今さら足を止めるのも違う気がして、心の中では悶絶しつつ足を動かした。

（あ……）

今通りすぎたばかりの室内の景色を思い返して、ふと気がつく。

寝台に横たえられながら、そっと聞いてみた。

「……もしかしてこの部屋も、アルクシアの私の自室と似せて造ってくださったのですか？」

リリアーヌのためだけにアルクシアの庭を再現したレオンのことだ、同じ部屋を造ったとしても不思議はない。むしろそう考えるのが自然だ。

予想通り、レオンは一旦迷う素振りで口を閉ざした後、渋々といった様子で白状した。

「……気持ち悪かったか」

「なぜ貴方はすぐにそうなるのですか。まあ最初の頃は……少しだけ違和感を覚えましたが、今は嬉しく思っています。私を慰めようとしてくださったのでしょう？」

思えば、初めての夜に寝台にちりばめられていた白バラも、リリアーヌが好きだと知って用意されたものだったのだろう。彼なりに一生懸命もてなそうとしていたのだとわかり、胸が熱くなる。

「だがアルクシア王から聞いた情報だけでは、不十分だった」

「そんなことは……」

「いや、似せるのならば完璧であるべきだ。しかしネブライアからアルクシア城を奪い返してお前の部屋に行ったら、だいぶ違っていてな……」

相当気落ちしたのだろう。沈んだ声の響きで、その時のレオンの反応がまざまざと瞼の裏に浮かんでしまい、リリアーヌはくすりと笑いながら言った。

「大切なのは見かけではなく、それに込められた心です。私を慰めようとした貴方の心が、私は愛おしい……」

「……困ったな」

「何がです？」

「お前に愛しいと言われる度に……骨抜きになる」

囁く唇が、羽のような柔らかさで重ねられる。

甘い感触にリリアーヌのほうが骨抜きになっていると、不意に乳首を摘まれた。親指と人差し指で圧迫され、転がされ、あっという間に先端が硬くなる。

「あっ、んん」

唾液で濡れた唇が、徐々に下がっていき、最後には胸の頂をすっぽりと覆う。少し強めに吸われながら下からすくうように乳房を揺すられると、胸から広がった快感が爪先にまで響いて、下腹部が熱くなった。

「ふぁっ！　あっ、あんっ、そんな強く吸ったら……！」

一際強く吸われて、大きな嬌声が上がる。切なさを訴える体奥は蜜を吐き出し、早く早くと招くようにざわめいた。

それを待っていたのか、するりと花弁を割った指先が花芯を軽く押しつぶす。

「あぁっ！」

触れられる前から傷痕のように熱を持っていた花芯が、じくじくと疼き、敏感になっていく。強い痺れにも似た快感が駆け抜け、めいっぱい華奢な背を反らせた。

「今宵は一段と濡れるな。……もう私の手首にまで垂れてきている。入り口もひくついて、物足りなさそうだ……」

ぬるついた指先が、花弁をなぞりながら蜜口にまで下りる。

最初はくすぐるように、次第に浅いところで出入りを繰り返し、焦れた奥がうねった頃合いで、やっと根本までが埋められた。

「はあっ、あぁっ」

「なんだ、これは。ほぐす前から、どろどろではないか……」

艶めいた声が耳孔に吹き込まれる。指摘されて羞恥心を思い出し、いやいやと頭を振った。

答えないリリアーヌを窘める指先は、濡れた蜜壺をゆっくりと刺激する。

「いやではないだろう？　ほら、リリアーヌ。どこを擦ってほしいのか言ってみろ」

「そ、んなの……はあ、いえな……」

ただゆるゆると出し入れされるだけでも気持ちがいいのに、この上一番感じるところまで刺激されてしまったら、どうなってしまうのだろう。

知りたいような恐いような、そんな気持ちでぎゅっと目を瞑ったら、突然中の指が折れ曲がった。

ぐちゅりという音が響くのと同時に、鋭い嬌声が上がる。

「ひあっ！」

いきなり弱いところを押し上げられ、瞼の裏で光が弾けた。刺激が強すぎて腰が震える。

「ああ、一本では切なそうだから、二本入れてやろうか……」

「っ……」

切なそう、と言われた通り、レオンの指を含んだ入り口は物足りなさそうにひくついていた。

貪欲な蜜壺は広げられる感覚を覚えながらも、まだまだ、こんなものでは満足できないと襞をざわめかせる。

「だめだな、まだ物足りなさそうだ……。どのくらい含ませれば、お前のここは満足するのだろうな……」

「んっ、ああっ、いじわる……ひどい」

「意地悪？　私はお前を愛でているだけだろう。ああ、もしや、別のものがほしいのか……？」

う、と声を詰まらせ、涙目でレオンを睨む。どうにか言わないで済む方法はないかと考えたが、悩んでいる間も中の指が蠢き、だんだんと頭の中も溶かされていった。

どろどろになった蜜壷に意識が集中して、他のことが考えられない。

指よりも太いもので満たして、押し上げて、奥までこね回してほしくなる。

「あ……ほ、しい……レオンのが、ほしい……」

舌っ足らずな声で口にすると、レオンの目元が嬉しくてたまらないといったふうに笑み崩れた。

ああ、やっと与えてもらえる――快感を期待したリリアーヌだったが、優しく手を引かれて、きょとんとする。

身を起こされて向かい合う格好になったかと思えば、意味のわからないことを耳元で囁かれた。

「では、今宵は自分で入れてみろ」

「え」

数秒経って、ようやく言われた内容を理解する。その瞬間、耳まで真っ赤にして、口を開閉させた。

「え、えっと、つまり、わたくしが……」

「嫌ならば強制はしない。代わりに一晩中、愛撫してやろう」

「う、それは強制しているのと変わりません……」

一晩中、一番ほしいものを与えられずに悶えさせられる。考えただけで涙が出そうだ。というより既に涙目で見つめると、レオンはにやりと口端をつり上げた。

悪魔のような笑顔で、迷うリリアーヌをそそのかす。

「選ぶのはお前だ。まあ私は、お前の中に入りたいがな。深く沈めて、蜜にまみれた壁を擦り、最も感じる部分を抉って、痙攣する奥を押し上げたい……」

詳細な希望は、そのままのいやらしさで想像させる。つい思い描いてしまった時、追想した体が切なさに震えた。

「どうだ、やってみるか……？」

甘く響く問いかけに、気がつけばコクリと頷いていた。

手を引かれ、座したレオンの上に導かれる。

「ど、どうすれば……いいの？」

「ただそのまま腰を落とせばいいだけだ。簡単だろう……？」

簡単ではないとわかっていて聞いてくる意地の悪さが、少しだけ恨めしくなる。

潤んだ瞳で睨み、きゅっと唇を噛む。

どうしようかと迷っていたら、レオンが下から突き上げる動きをして、蜜口に先端が触れた。

ぴりりとした痺れが走り、汗ばんだ背を反らせる。

「あっ！」

けれど蜜口に触れた熱は、一瞬で遠のいてしまう。一回与えられてしまっただけに余計に切なくなって、奥のほうが苦しいほどに疼いた。

「いやぁ、なんで……」

「ほしいのならば、どうすれば良いのかわかるな？」

頭で考えるよりも先に、体のほうが囁きに反応する。焦れた入り口がひくひくとわないて、張りつめた亀頭に蜜を垂らす。

「は、あ……」

もう恥じらいなどどうでもよくなるくらい、あれがほしい。奥まで埋めて、襞のすべてでレオンの昂りを味わえたら、どんなに気持ちがいいだろう……。

こみ上げる欲望で、どろりと理性が溶けていく。ただただ、あの狂おしいほどの熱がほしくて、体を支えていた両腿から力が抜けた。

「あっ、あぁ……」

つぷりと、硬い先端が入ってくる。心なしかいつもよりも太くて、一瞬怯えが顔を出す。

レオンはすかさずリリアーヌの背をさすり、あやすように優しく言った。

「すまない……いつもより興奮しているから、馴染むまでは少し苦しいかもしれないな」

「ん……すこし、くるし……」

「では、やめるか？」

「やっ、いやぁ……やめない、で」

こんな状態で止められたら、余計に苦しくなる。

甘ったるい声でねだり、レオンの首にしがみついた。

「わかった、わかった。ほら……待っているから、全部入れてみろ。ちゃんと奥まで入っているか、腰を揺すって確認するのだぞ？」

「ん……」

快感に支配され尽くした頭では、レオンが楽しそうにしているとか、かなりいやらしい要求をされているとか、そんなものは考えられなくなっていた。

言われるままに腰を落とし、ずるずると長大なものを飲み込む。

「あっ、んああっ……！」

硬く太いものに、内側から押し広げられる。狭い粘膜が肉茎の形になって、きゅうっとまとわりつく。その感覚に全身が痺れ、白い喉を反らして嬌声をあげた。

「まだ全部は入っていないのではないか？　奥でこすって、確かめてみるといい……」

腰に添えられた手で誘導されて、自ら腰を動かす。つるりとした亀頭で子宮口を擦られ、悪寒にも似た快感が背骨を走り抜けた。

「あうっ、あんんっ！　あっ、はい……ってる、はいってる、からぁ……っ」

「そのようだな……私も、とても気持ちがいい……」

情欲に掠れた声で囁き、リリアーヌの腰を摑む。そして感触を確かめるように、一回強く突き上げた。

「んぁっ！　あっ、やっ、だめっ、だめぇ！」

ずん、と押し上げられる感覚がたまらない。

奥のほうが快感に痺れて、ひくつく子宮口が剛直の先端に吸いついた。

「こんなに吸い上げるとは……よほど飢えていたらしいな」

朦朧とした意識の片隅でレオンのからかう声を聞きながら、少しの悔しさを覚える。けれど、突然の激しい動きに痛みを覚えるどころか、もっともっとと中がうねって止まらないのだから、否定しようがない。

「あうっ、あっ！　あぁっ、はあっ、あっ、あんっ、ふあぁ！」

「ああ、もうこんなにほぐれて、私のものをうまそうに飲み込んでいるぞ……。本当にお前は、いやらしい姫だ。いやらしくて、可愛くて……滅茶苦茶にしたくなる」

リリアーヌの中がすっかり大きさに慣れたのを感じ取り、レオンが激しく腰を使ってきた。

大きく体を揺すられると、奥の感じる場所と一緒に膨れた花芯も擦られて、たまらなく気持ちがいい。

異常なほどに大量の蜜が溢れ、突き入れられる度にぐちゅんぐちゅんと盛大な音が鳴った。

「っ、は……こら、そんなに締め付けるな。今宵はゆっくりと味わおうと思ったのに、これでは……っ、長くもたないだろう……」

「あぅっ、あっ、あっ、しめ……つけて、なんか……っ」

「いいや、締め付けているぞ……熱く、どろどろになっているのに、少し動かすだけで……はあ、食いちぎらんばかりに、私のものを締め上げてくる……」

「ひっ！　あぁっ！」

子宮口をごつごつと穿たれ、目の前が白く霞む。

「あっ、ああっ……！　そこ、だめっ、だめぇ……んんっ！」

「こんなに中をうねらせて、っ……もう、達してしまいそうなのか……？」

「んっ、あっ……ああっ！　レ、オン……は、ぁ、レオン……！」

うわ言のように彼の名を呼び、体をかき抱くと、中のレオンがいっそう質量を増した。

「くっ……リリアーヌ……！」

堪えられないと言わんばかりに、レオンがぐっと奥を突くと、膣壁は追い打ちかけるように収縮した。

膨張した肉茎が震え、熱を吐き出して脈動する。

「んあぁぁ……っ！」

勢いよく吐精される感覚で、リリアーヌの中でも熱が弾けた。奥のほうで生まれた快感が、ぞわぞわと背筋を痺れさせながら、脳天にまで突き抜ける。

「あ……はあっ……は……あ……」

しばらく経っても、狭まった膣肉にみっちりと埋まった剛直がびくびくとしていて、心地よさと共に愛しさがこみ上げた。

ようやく心も体も、一つになれた気がする。

嬉しくなって顔を綻ばせると、ふわりと唇が重ねられた。

「ん……」

「……私は今、死んでいるのかもしれない」

「え？」

唇が離れてすぐの言葉に、リリアーヌは快感で霞んでいた目を瞬かせる。

「人は死の間際に、幸福な夢を見ると言うだろう」

初夜の時に聞いた台詞が脳裏を過ぎる。あれからそう経ってはいないはずなのに、ずいぶんと遠い昔のように感じた。それだけ大きく、リリアーヌの心が変わったということだろう。

感慨深い気持ちになって、リリアーヌはかつて悪魔と罵った、しかし今は愛しくてたまらない男の頬を撫でた。

「私の愛を、勝手に夢にしないでください」

つがいの小鳥のように唇を啄み、微笑み合う。

溢れる愛しさで息苦しさすら覚え、互いの背をさすった。

「……私たちの子は、銀と黒、どちらになるのでしょうね」

腹の奥に染み渡った熱をなぞり、幸せな気分で呟く。

すると穏やかな表情で微笑んでいたレオンが、突然何かを思い出したふうに顔を伏せて笑った。

「どうしました？」

「いや、そういえばと思い出してな。昨日、フェルナンドとエステラの二人に『子のつくり方を教えてくれ』と迫られたのだ」

「エステラに……？」

フェルナンドとエステラは、先日正式な婚約を発表したばかりだ。結婚もまだの内から、子の話題が出たことに驚きを隠せない。それ以前に、あの二人は子づくりをするには若すぎる。

「一日も早く愛の結晶をつくって、二人の愛が真実であると証明したいらしい」

落ち着いてきているとはいえ、大陸は未だ混乱している。真実が明らかになった今でも、レオンが姫たちを陵辱し、偽りを言うよう脅したのだとか、口さがない噂が絶えないのだ。

そうした汚名を晴らそうと、あの二人なりに考えたのだろう。

「ですが、いきなり子供というのは……」

「ああ、だから教えておいてやった。子というものは、二人で一つのキャベツを真心込めて育てると、そこから生まれてくるのだ……と」

「キャベツ……」

近頃庭園の一角に野菜畑ができたことを思い出す。あんまりにも二人が熱心にキャベツを見つめていたものだから、どうしたのかと問いかけたら、なぜか顔を真っ赤にして走り去っていった。

(なるほど、あれはそういう意味だったのね)

二人の年から考えて、そろそろ「キャベツで子づくり」が嘘だと判明するだろうが、それまでが哀れでならない。

「レオンは、本当に意地悪ですね」

「実際の方法を教えるよりも、断然ましだろう」

「それは、そうですが……」

呆れ顔で溜息をこぼせば、その息すら拾われて、口づけられた。

「愛している、リリアーヌ……。お前への愛を貫くためならば、世界すら変えてみせよう。この箱庭は、すべてお前のためにあるのだから」

口づけの合間に囁かれる言葉は、呪文のようにリリアーヌの中に浸透していった。

この熱さ、強さも、狂気と言えるのかもしれない。ひどく優しい、リリアーヌを傷つけない、愛という名の狂気だ。

この言葉の意味を考える時、決まって彼の顔も浮かんでくる。

（ルチアーノも、元は純粋な優しさを持った、真面目な人だった。けれど真面目すぎるがゆえに、負った役割の重さに耐えることも、投げ出すこともできなくなったのでしょうね……。そうして、狂気に侵された）

そんな彼を支えられなかった後悔が、今もこの胸を焼いている。

「……ならば私は、その箱庭の蓋を開け、光を入れましょう。誰も囚われることがないように」

蓋が外された後の天を思う。

——それはきっと、すべての色が混ざり合った、明けの空に違いない。

あとがき

初めまして、松竹梅《まつたけうめ》と申します。この度は『淫惑の箱庭』をお手にとっていただき、誠に有難うございます。

著者プロフィールにもございます通り、本作ではソーニャ文庫様と私が所属しております女性向けブランドOperettaとで、タイアップをさせていただきました。ソーニャ文庫様でこちらの小説が、Operettaではルチアーノとのエンドが追加されたドラマCDが発売されています。片方ずつでも問題ありませんが、両方ゲットされますと、よりいっそうお楽しみいただけるのではないかなと思いますので、興味がおありの方は是非。

そして突然ですが、外見のみでいうなら、私はマッチョが好きです。三次元ではこだわりはないのですが（というかそんな偉そうに要望を語れる身ではないのですが）、二次元だと筋骨隆々とした逞しい男性が大好きでして。なので、かなりカルロスとダナのペアを気に入っています。あんまりにも気に入りすぎて、実はあの戦闘シーンが無駄に長くなってしまい、後からカットしたくらいです。

書く上でいうと、レオンもルチアーノも、どちらも好みです。葛藤のあるキャラを書くのが好きなので、今回はその葛藤だらけの二人を作ることができて非常に楽しかったです。

　一番楽しかったのは、ルチアーノが例の館で自分の内心を語るところでしょうか。あの場面はものすごく書きたいところだったので、書いた後は彼の闇を吐き出したように気分がスッキリしました。

　こう振り返っていくと、レオンももちろん表のヒーローとして気に入っているのですが、ルチアーノにだいぶ愛情をかけていた気がします。レオンと対をなすイメージで書いていたのもあって、物語になくてはならない、むしろひょっとしたら物語のもう一人の主人公は彼なのではないかと思うほど、私の中では核になっています。

　核といえば、私が思う大事な要素の一つに脇役たちの存在があります。メインも大事ですが、世界の空気感を作っているのは実は彼らなのではないかなと考えているので、いつも異常に愛情を込めてしまいます。本作でいうと、エステラが大のお気に入りです。

　話は変わりますが、今回のお話を書くために、色々なところに行ってきました。想像するのを怠っているわけではないのですが、いつも実際に見て、感じたことを元に感覚を広げていく方法をとっているので、現実での行動範囲を狭めるとお話の世界も狭くなってしまうんですよね。なので、洞窟のシーンでは洞窟に、庭園のシーンでは庭園に行ってきました。あと戦うシーンでは実際に棒を振り回したり悶絶してゴロゴロ転がってみたりと「この動きは人間として可能かな？　うーん、無理っぽいな」とか一人ブツクサ言いながら書きました。ということを繰り返していたら、本作のおかげで大分知っている場所が増えました。そういう意味でも、この作品を書く機会をくださったソーニャ文庫様には、日々感謝をしております。

最後に、この本の発行にあたって、お世話になりました担当編集者のY様と、イラストを担当してくださった和田《わだ》ベコ様への、感謝の気持ちを述べさせてください。

Y様、この度は本当に有難うございました。発行にまで至れたのはY様のおかげです。ご迷惑をおかけしてしまった時も温かく応援してくださり、何度「女神様！」と心の中で崇拝したか数え切れません。Y様のお優しさに、ずっと支えられていました。

和田様。お忙しい中迅速に対応してくださり、しかもあのような素晴らしく美しいイラストを描いてくださり、心よりの感謝を申し上げます。イメージ通りといいますか、それ以上の表現に度肝を抜かされ、表紙イラストを拝見した時などは特に、床を削る勢いで高速ローリングしました。燃えて萌えました。

本作を読んでくださった皆様にも、重ねて御礼申し上げます。

それでは、またいつかどこかで、お目にかかれることを祈っております。

松竹梅

この本を読んでのご意見・ご感想をお待ちしております。

◆ あて先 ◆

〒101-0051

東京都千代田区神田神保町2-4-7 久月神田ビル7階

㈱イースト・プレス　ソーニャ文庫編集部

松竹梅先生／和田ベコ先生

淫惑《いんわく》の箱庭《はこにわ》

2013年6月4日　第1刷発行

著　者　松竹梅《まつたけうめ》

イラスト　和田《わだ》ベコ

装　丁　imagejack.inc

DTP　松井和彌

編　集　安本千恵子

営　業　雨宮吉雄、明田陽子

発行人　堅田浩二

発行所　株式会社イースト・プレス
〒101-0051
東京都千代田区神田神保町2-4-7 久月神田ビル8階
TEL 03-5213-4700　　FAX 03-5213-4701

印刷所　中央精版印刷株式会社

©UME MATSUTAKE,2013 Printed in Japan

ISBN 978-4-7816-9507-5

定価はカバーに表示してあります。
※本書の内容の一部あるいはすべてを無断で複写・複製・転載することを禁じます。
※この物語はフィクションであり、実在する人物・団体等とは関係ありません。

Sonya ソーニャ文庫の本

『**秘された遊戯**』 尼野りさ

イラスト 三浦ひらく